태극문이
있었다

태극문이 있었다

ⓒ새파란상상 2014

초판1쇄 인쇄	2014년 12월 10일
초판1쇄 발행	2014년 12월 15일

지은이	태극문 20주년 기념위원회

펴낸이	박대일
편집	이문영 · 임유리 · 신지연 · 박현주
교정	유지영
마케팅	송재진
표지디자인	박현주
일러스트	김재성

펴낸곳	새파란상상(파란미디어)
출판등록	2004년 9월 14일 제313-2004-00214호

주소	121-897 서울시 마포구 성지1길 32−36 (합정동)
전화	02. 3141. 5589(영업부) 070. 4616. 2011(편집부)
팩스	02. 3141. 5590
전자우편	paranbook@gmail.com
카페	http://cafe. naver. com/paranmedia
트위터	@paranmedia

ISBN	978-89-6371-177-5(03810)

태극문이 있었다

태극문 20주년 기념위원회

차 례

태극문 20주년을 기념하며

태극문 20주년 기념사업 추진위원장, 진산

그러고 보니 《태극문》이 나온 지 20년이 되었군.

밥상머리에서 좌백이 문득 꺼낸 말로부터 이번 일은 시작되었습니다. 《태극문》 출간이 20년이 되었다는 것은 좌백이나 저, 그리고 당시에 '신무협'이라고 불리던 일련의 흐름에 참여한 작가들이 무협을 쓰기 시작한지 20년이 되었다는 의미이기도 합니다.

20년 전 용대운님이 실장으로 있던 도서출판 뫼의 작가 사무실에 처음 들어갔을 때, 그곳의 분위기는 참으로 신기했습니다. 전통 있는 문단이나 선배 작가의 권위 같은 것은 없으면서도 사회에서 평가되는 무협이라는 장르의 지위에 비하면 자신들의 일을 대하는 진지함과 열정이 유달리 뜨거웠지요. 세월이 흘러 벌써 20년. 우리들이 그간 배운 것은 결국 글쓰기란 혼자만의 작업이라는 것이고, 무협도 다르지 않다는 것이었습니다.
마치 조자건의 수행처럼.

《태극문》은 그 자체로 혁명적인 무협소설은 아니었을지도
모릅니다. 이전의 무협 유산으로부터 완벽히 벗어난 것도 아니
고 세상을 놀라게 하지도 않았습니다. 그러나 《태극문》 이후,
매일매일 반복되는 수련의 결과처럼 서서히 무언가 변해갔습
니다.

권위나 형식에 대한 존중과는 담을 쌓은 게으름뱅이 반항아
들인 우리가 이 20주년을 기념해보자는, 평소 행실과 전혀 다
른 결심을 하게 된 것은 《태극문》 이후의 20년이 우리에게도
남다른 의미가 있는 시간들이었기 때문입니다. 글쓰기는 혼자
만의 작업이지만, 작가는 홀로 살아가지는 않으니까요.

처음에는 함께 모여 그때를 추억하며 밥이나 한 끼 같이 하
자는 소박한 의도였던 것도 같으나, 이것저것 이야기가 모이다
보니 기념회지도 만들게 됐습니다. 올해 중반에 느닷없이 시작
한 일이다보니 충분히 기념하고 검토하기에 부족함이 있을 수
도 있지만, 관련된 사람들 모두 부족한 시간을 쪼개어 모은 글
이니 성의를 괘씸히 여겨 너그럽게 봐 주시길 바랍니다.

특히 전형준, 이진원 교수님의 옥고는 갑작스런 연락에도
불구하고 흔쾌한 동의를 받아 본지에 수록하게 되었습니다. 무
협에 대한 비평이 척박한 현실에서 진지하게 한국 창작무협을
다뤄주신 두 분께 이 자리를 빌어 감사드립니다. 또한 태극문
초판본에 그려주셨던 삽화의 게재를 허락해주신 만화가 김재

성 씨께도 감사드립니다.

　끝으로 주인공들과는 전혀 다른 성격인, 비정하지도 고독하지도 않고 하드보일드와는 거리가 먼 소심한 중년 작가 용대운 님께 축하와 감사를 드립니다. 《태극문》은 용대운님 뿐 아니라 우리들의 인생에도 많은 변화를 가져다주었습니다. 변화는 아직도 진행 중이고, 여전히 쓰실 이야기가 많을 거라고 믿습니다. 언제나 마음만은 젊게, 새로운 힘으로 군림천하하시길 기원하며, 이 회지를 용대운님과 《태극문》을 기억하는 분들께 바칩니다.

태극문,
그 시절에 대한 회고

태극문과 나

좌백

무협작가. 숭실대 철학과 졸. 《대도오》로 시작해 《생사박》, 《혈기린외전》 등을 썼다. 《철학 판타지》 소설 시리즈와 《부부만담》 등도 썼으며 게임 《구룡쟁패》의 시나리오 작가로도 활동했다. 현재 《천마군림》, 《하급무사》, 《구대검파》 등을 인터넷에 연재하고 있다.

I. 왜 《태극문》 20주년을 기념하려 하는가.

나는 데뷔작인 《대도오》의 초판 서문에 '더 이상 읽을 무협소설이 없어서 내가 직접 쓰기로 했다'고 썼다. 이건 읽기에 따라서는 대단히 건방진 말일 수 있는데, 사실은 전혀 그렇지 않다. 당시에는 정말 읽을 무협소설이 없었다.

한국의 무협시장은 80년대 말에 철저히 무너져서 90년대에 들어서면 새로운 작품이 거의 나오지 않았다. 거의라고 하는 것은 나오는 게 있긴 했다는 건데, 당시 만화방에 사마달, 혹은 백상의 이름으로 매주 한두 질씩 나오던 게 있었으니 하는 말이다. 그런데 이 소설들은 그 출간속도만 봐도 알 수 있듯이 제대로 된 소설들이 아니었다.

백상은 나중에 직접 만나서 들어보니 실제로 본인이 거의 한 달에 두 편 꼴로 직접 썼다지만(지금 기준으로 이야기하면 한 달에 여섯 권씩 썼다는 이야기다. 엄청나게 많이, 그리고 빨리 쓴 거다. 낮아진 고료 때문에 그 분량을 쓰지 않으면 생활이 안 됐다고 한다. 덕분에 원고의 수준은 말할 수 없이 낮아져 버렸다.) 사마달 이름으로 나오는 작품들은 그 본인이 출판사에 이름을 넘긴 이후 출판사가 그 권리를 대행하고 있었다. 즉, 출판사에 들어오는 원고들에는 모두 사마달이라는 이름을 붙여서 낸 것이다. 그리고 그 질이란 참으로 형편없어서 도저히 눈 뜨고 봐줄 수가 없었다. 그러니 당시엔 읽을 무협소설이 없었다고 한 것이다.

그런데 1994년 《태극문》이 나왔다. 이미 과거 야설록과 공저로 《탈명검》, 《유성검》 등의 작품을 낼 때부터 좋아하던 작가였다. 그리고 그 매력은 변하지 않았다. 오히려 더 원숙해지

용대운 장편무협소설 《태극문》

고 세련되어진 느낌이었다. 그 책 뒤에 작가모집 광고가 있었다. 나는 그걸 보고 뫼출판사에 전화를 했고, 찾아가서 습작을 시작했다.

용대운은 《태극문》을 들고 뫼출판사를 찾기 전까지 야설록을 만나본 일이 없었다고 한다. 서면, 혹은 전화 상으로도. 공저는 그럼 어떻게 한 거냐고 물었더니 출판사에서 그냥 그렇게 이름을 붙여서 낸 거라고 했다. 당시엔 관례적으로 행해지던 일이다.

한국무협사에서 몇 권의 책은 대단히 의미가 깊다. 그 작품 자체의 의미라는 것도 있겠지만 내가 지금 꼽는 몇 권은 '그것으로 인해 촉발된 일련의 경향과 여파'로 인해 의미를 획득한 것들이다.

그 첫 번째가 《정협지》*인데, 이 작품은 《한국무협소설사》를 쓴 이진원 교수의 노력으로 한국최초의 번역 · 번안 무협이 아님이 드러났음에도 불구하고 《군협지》**와 함께 1960년대의 한국에 무협열풍을 일으켰다는 점에서 의미 있다.

이진원 교수의 연구에 의하면, 그리고 연세대학교 인문예술대학 강사인 고훈이 《무술원조 중국외파무협전 연구》라는 논문에서 확증한 바에 의하면 한국 최초의 번역 · 번안 무협은 1934년 동아일보에 중국의 무협작가 수송의 《소림기협전》을

---

*   1961년 김광주가 경향신문에 연재.
** 대만작가 와룡생이 1960년에 발표한 《옥차맹》의 번역작. 1966년 처음 번역되었다.

번역·번안하여 연재한 이규봉의 《무술원조 중국외파무협전》
이다.

두 번째로는 을재상인(乙齋上人－을제상인이라고 흔히 알려졌지만
을재상인이라고 읽는 게 옳다고 한다.)의 《팔만사천검법》이 1979년 한
국인이 쓴 최초의 창작무협소설이라는 점에서 의미가 있다. 이
진원 교수는 무협의 외연을 한국을 배경으로 한 것까지 포함하
면 이보다 훨씬 이른 시기에 창작무협소설이 시작되었다고 볼
수 있다고 주장한다. 논의의 여지가 있긴 하지만 을재상인과
그 작품은 당시 왕명상과 왕사상으로 대표되는 화교 번역가에
의해 유지되던 무협소설시장에 한국인에 의한 창작소설도 경
쟁력이 있다는 것을 보여준 시초라는 점에서 여전히 의미를 인
정할 수 있다.

을재상인이 있음으로써, 그리고 《팔만사천검법》이 창작무협

김광주 장편무협소설 《비호》

시대를 시작함으로써 1981년과 1982년에 걸쳐 사마달과 금강, 검궁인과 서효원, 그리고 야설록이라는 본격적인 창작무협작가들이 연이어 데뷔할 수 있었고, 이들을 필두로 80년대 말까지 수많은 창작무협작가들이 활동하게 되었다.

그 다음으로 서두에서 이야기했던 무협소설시장의 몰락 이후 재기의 신호탄을 터뜨린 것이 바로 용대운의 《태극문》이다. 사실 시간 상으로 따지면 그보다 1년 전 고 서효원의 친형인 서희원과 유랑이라는 필명으로 무협소설을 쓰다가 만화스토리 작가로 전업한 유광남이 차린 출판사인 서울창작에서 출간한 서효원의 《대자객교》야 말로 90년대에 다시 시작된 무협소설의 붐을 알린 시작이라고 말할 수도 있다. 여기에 자극을 받아 80년대에 무협작가로 이름을 날린 야설록이 세운 뫼출판사에서는 야설록 본인과 금강의 작품을 재간으로 내기 시작했고, 마침내 용대운의 신작인 《태극문》까지 내게 되었으니 말이다.

하지만 서효원과 야설록, 금강의 작품들은 모두 과거 한 번 출간되었던 작품들의 재간이었고, 이 작품출간으로 인한 새로운 움직임과 영향력 같은 것이 미미했음을 생각하면 90년대 무협의 시작을 《태극문》부터 꼽는 것이 무리인 것같지는 않다. 무엇보다도 《태극문》은 그 작품 자체의 의미도 있지만 그 이후 이어진 신무협의 여러 작가, 작품의 탄생과 떨어뜨려놓고 생각할 수 없다는 점에서 의미가 있다.

《태극문》이 없었더라도 90년대 무협 붐은 시작되었을 수도 있다. 용대운이 키워낸 나를 비롯한 몇몇 신무협작가들이 없었

서효원 장편무협소설 《실명대협》

더라도 무협의 새로운 경향은 있었을 수 있고, 그게 신무협, 즉 새로운 무협이라고 불렸을 수도 있다. 하지만 단언컨대《태극 문》과 용대운이 없었다면 좌백과 몇몇 작가들은 없었고, 신무 협도 지금같은 모양은 아니었을 것이다. 그것이《태극문》20주 년을 기념하고자 하는 이유다.

2. 망원동 시절

나와 몇몇 작가들은, 그러니까 초창기 신무협작가들은 모여 서 습작하고 작품을 내던 그 때를 '망원동 시절'이라고 부른다. 당시 신무협이라 불리는 일련의 경향성을 가진 작가들이 모여 서 습작하고 작품을 내고, 작품 이야기를 하던 그 장소가 뫼출판사에서 마련해 준 작가사무실이었고, 그 사무실이 서울 마포구 망원동에 있었기 때문이다. 그리고 그 사무실의 운영책임자, 통칭 실장이라 불리던 사람이 용대운이었다. 그러니 망원동 시절을 이야기하는 것은 신무협의 탄생기를 이야기하는 것이고, 용대운과 함께 지낸 시절, 용대운에게 무협과 소설을 배운 시절을 이야기하는 것이다.

작가사무실이란 국내 창작계에서는 무협출판계에만 있던 특별한 시스템이다. 다른 장르에서도 특정한 작가 몇몇이 의기투합해서 사무실을 같이 얻어서 창작활동을 하고, 때로는 공저, 혹은 협업 형태의 일을 하는 경우가 있지만 무협출판계의 작가사무실은 그와는 설립이유도, 운영시스템도 달랐다. 그리고 거의 모든 무협출판사가 운영했다는 점에서도.

무협출판계의 작가사무실은 작가보다는 일차적으로 출판사의 필요에 의해 출판사에서 주도해서 만들어지는 게 보통이었다. 무협작가는 일반적으로 문학을 전공으로 한 사람보다는 취미가 창작으로 이어져서 되는 게 보통이다 보니 문학적인 면에서는 형편 없는 경우가 많았고, 소설로 내기에 부족한 경우가 거의 대부분이었다. 출판사는 그렇다고 마냥 거절만 할 수는 없었기 때문에 그런 원고라도 다듬어서 쓸 수 있도록 작가를 지원할 필요가 있었다. 즉 출판사 편집부가 일종의 문학교실 역할을 한 것이다.

한편으로 무협이란 전문분야의 하나이기 때문에 문학수업을 한 누군가가 이번 작품의 소재는 무협으로 하겠다고 해서 쓸 수 있는 게 아니다. 무협교과서라는 것도 따로 없기 때문에 오랫동안 무협읽기를 하고 독자적인 조사를 한 사람이라야 소설도 쓸 수 있는 것이다. 그건 출판사의 편집부에게도 동일하게 해당되는 이야기라 작가에게 요구되는 무협의 전문지식을 편집부도 갖추어야 했다.

바로 이러한 두 가지 요구를 모두가 갖출 수는 없기 때문에 출판사에는 문학과 무협을 함께 지도하고 검토할 수 있는 사람이 필요했다. 그리고 초보무협작가를 지도, 지원할 공간도. 그게 작가사무실이고 사무실의 실장이었다.

내가 처음 뫼출판사에 갔을 때는 작가 사무실이라는 게 적어도 독립된 공간으로는 따로 없었고, 용대운도 실장이 아니었다. 당시 작가들은 뫼출판사 편집국의 사무실 귀퉁이에 책상 한 줄을 받아 사용하고 있었고, 호칭은 '2팀'이었다. '1팀'은 당시 여러 만화가들에게 스토리를 공급하던 스토리팀이었다. 그리고 별개로 만화팀이 또 있어서 곧 모습을 드러내게 된 '야설록 프로'를 준비하고 있었다.

2팀의 팀장은(실장이라는 호칭을 붙였다) 과거 80년대에 사마우라는 필명으로 딱 한 편의 무협소설을 출간한 경력이 있지만 곧 스토리 작가로 전향한 분이다. 본인의 말에 의하면, 그리고 그를 잘 아는 주변 사람들의 평에 의하면 그는 아이디어는 탁월한데 그걸 진득하게 풀어갈 끈기가 부족한 사람이었다. 무협소설은 극소수의 예외를 제외하면 대개는 원고지 2천매 이상의 분량으로 이루어지는데, 통상 원고지 1천매가 넘으면 장편소설로 분류하는 문단의 기준으로 보면 매우 긴 이야기고, 그만큼 긴 작업시간과 강한 인내력을 요구한다. 사마우는 체질적으로 대하장편소설에는 어울리지 않는 사람이었던 거다.

하지만 작품을 보는 눈은 예리하고, 무협소설에 대한 식견도 박식, 탁월하여 야설록이 무협소설팀장으로 앉혀 놓은 것인데, 그 2팀의 한쪽 구석에《태극문》이후의 작품을 준비하던 용대운이 있었다.

내가 사마우 아래에서 습작을 시작했을 때 거기에는 나와 용대운 외에도 여러 사람이 있었고, 또 새로운 사람이 들어오고 나가고 했지만 나를 제외하면 작품을 낸 사람이 없기 때문에 거명하는 게 무의미할 것이다. 하지만 막판에 먼저 거기 와 있던 친구를 따라 드나들다가《노자무어》라는 괴작을 쓴 김호는 기억해둘 가치가 있다. 당시에는 완결도 못했지만 사무실을 떠났다가, 나중에 용대운이 실장이 된 후에야 완결하고 출간을 했다.

사실 나도 사마우가 실장을 맡았던 시절에는 결국 출간을 못했는데, 당시 습작할 재능이 있는지 본다고 해서 써간《야광충》앞부분도 거부되고, 이후 사마우가 스토리를 제공해서 쓰던《보검박도》도(이 제목은 나중에 한수오가 가져가서 별개의 내용으로 써서 출간했다.) 2권까지 썼지만 결국 완결을 못하고 파기했기 때문이다. 그 과정을 거치는 동안 용대운은 별 말을 않고 자기 작품에만 몰두했는데, 그건 관심이 없어서라기보다 사마우의 영역을 침범하지 않으려는 배려때문이었다고 한다.

여담으로 당시 용대운은《독보건곤》을 집필하고 있었는데,

그 집필이 순조롭지 않아 고민하다가 결국 뒤로 미루고 《강호무뢰한》을 먼저 써서 출간한다. 한 부분에서 막히면 납득이 갈 때까지 오랫동안 고민하고 못 쓰는 것은 이때 이미 용대운의 특징으로 익히 알게 되었다.

1994년 말에 나는 결국 습작을 포기하고 그만두려 했지만 해가 넘어가면서 새로 실장이 된 용대운이 붙잡아준 덕분에 그 지도 아래에서 신작 《대도오》를 써서 출간함으로써 작가가 되었는데, 그런 인연으로 인해, 그리고 그 이후로도 내가 쓰는 소설들마다 읽고 조언과 평을 아끼지 않는 것 때문에 나는 언제 어디서건 용대운을 스승으로 인정하기를 주저하지 않는다.

어쨌건 그래서 용대운과 나 둘로 시작된 새로운 뫼출판사 작가사무실에는 이후 여러 작가지망생들이 들어왔다. 그 첫 번째는 풍종호였다.

그는 뫼출판사에 찾아오기 전에 이미 무협습작을 하던 사람이었고, 그 결과로 대학노트 4~5권 분량으로 빽빽이 쓴 원고도 가지고 있었다. 그게 지금의 《지존록》이다.

당시 《지존록》을 읽은 용대운은 이 작품이 좋긴 하지만 완결까지는 열 권 이상의 분량이 필요할 것이고, 당시의 무협출판 여건으로는 작품화되지 않을 가능성이 높으니 당시 유행하던 세 권짜리로 먼저 한두 작품을 쓰고, 이름을 확실히 한 다음에 내도록 하는 게 좋겠다는 조언을 했다. 풍종호가 거기 납득하고 새 작품을 썼는데, 그게 《지존록》의 한 부분인 《경혼기》라는 것은 그의 고집과 개성을 보여주는 사례다. 결국은 조언을 따르지 않은 것이기 때문에 기분이 나빴을 수도 있었던 용대운이 그걸 출간하도록 출판사에 추천한 것은 용대운의 포용성을 보여주는 사례이기도 하고.

《경혼기》는 이전까지의 무협소설 전통에서는 매우 파격적인 부분이 많았기 때문에 출판사에서 반대가 심했다고 한다. 사실 그건 내 《대도오》도 마찬가지였는데, 출판사 편집부에서는 반대했지만 새로운 시대에서는 이런 것도 필요하다는 용대운의 주장과, 그 주장을 받아들인 당시 출판사 사장 야설록의 동조가 《대도오》와 《경혼기》의 출간을 가능케 한 것이다.

이런 파격적인 실험, 혹은 문장이나 구성 등의 면에서 조금 부족해 보이는 원고임에도 불구하고 단점보다 장점을 보고, 완결짓도록 격려하고 출간을 지원하는 것은 용대운의 중요한 장점이었다. 특히 전대 실장이었던 사마우와 이 점에서 극단적으로 대조되었는데, 사마우가 장점보다는 단점을 잘 보고, 기본

풍종호 장편무협소설 《경혼기》

적으로는 당시 무협소설의 가능성에 대해 비관적으로 생각한 것에 반해 용대운은 어떤 작품이건 장점을 찾아내고 칭찬하는 미덕이 있었으며, 무협소설에 대해 확고한 전망을 가지고 있었다는 차이가 있었다.

　　"한두 사람이 잘 써서 무협시장이 유지되지 않는다. 이런 개성 저런 개성을 가진 작가들이 많이 나와야 독자들이 무협소설을 찾게 되고, 시장이 유지되고, 결국 작가들이 작품활동을 계속할 수가 있다."

용대운이 당시 여러 번 말하곤 했던 지론이다.

이런 면에서 운중행도 작가가 될 수 있었다. 풍종호 다음으로 온 작가지망생이 바로 운중행이었는데, 그는 풍종호와는 대조적으로 당시 16절 갱지 두세 장에 장난같이 쓴 글 몇 줄만으로 사무실에 들어와 습작을 하는 게 허락되었다. 탁월한 개그 감각이 있었지만 아쉽게도 문장력이 부족했고, 이 약점은 쉽게 보완되지 않았다. 그런 점에서 그 자신 작가이기도 한, 그것도 유명 작가였던 야설록은 운중행의 작품을 그리 탐탁치 않게 여겼고, 이런 편견은 운중행의 작품 출간을 미는 용대운과 고성을 내가며 싸우는 이유가 되기도 했다. 결국 용대운이 책임을 지는 조건으로 운중행의 첫 작품인《추룡기행》이 출간되게 되었다. 다행히 당시로서는 나쁘지 않은 판매고를 보여 사장이 뭐라고 할 수 없게 만들었다.

어떤 면에서 조금 부족해도 개성만 확실하다면, 지금 당장은 별로라도 발전가능성만 있다면 도와주고 밀어주는 것은 그 이후에도 변하지 않은 용대운의 미덕이고 장점이었고, 덕분에 그 문하에서는 많은 작가들이 배출될 수 있었다.

이후 오랜 시간이 흐르면서 나도 비슷한 일을 해보려고 시도했었고, 용대운과 달리, 첫 스승이었던 사마우와 비슷하게 나도 장점보다는 단점을 잘 보는 스타일이고, 내 글 쓰기 바빠서 남의 글은 잘 안 봐주는 개인주의적 성향이 강해서 용대운의 장점이 얼마나 흉내내기 어려운지 잘 안다. 이런 장점은 쉽게 찾아볼 수 있는 게 아닌 것이다.

이후 작가사무실은 뫼출판사와 같은 빌딩에서 떠나 망원동 시장통의 낡은 3층 건물의 2층으로 옮겨갔고, 거기에서 《철검무정》의 장경과 《풍뢰무》의 석송, 《만천화우》의 냉죽생과 80년

장경 장편무협소설 《철검무정》

대에 이미 소설을 내고 작가로 활동한 경력이 있던 《백일강호》
의 몽강호를 받아들이게 된다. 그리고 여기에 당시 PC통신의
무협동호회인 하이텔 무림동 공모전에서 대상과 금상을 받은
이재일과 진산이 들어옴으로써 본격적인 신무협 시대가 열리
게 된다.

이재일과 진산은 사무실에 들어올 때 이미 독자적인 작품을
가지고 있었고, 그들이 공모전에서 상을 받은 《칠석야》와 《청
산녹수》는 그대로 책이 됨으로써 여타의 습작생들과는 다른 위
상을 인정받았다고 할 것이다. 나를 비롯한 다른 작가들이 신
입사원으로 시작해서 사다리를 타고 올라갔다면 이들 둘은 야
설록에 의해 스카우트 되어 온 인재라고나 할까. 그래도, 아니
그렇게 독자적인 개성을 가져온 덕분에 이들은 초기 신무협의
색깔을 만드는데 결정적인 공헌을 했다.

진산의 《청산녹수》와 이우형의 《비애》가 실린
하이텔 무림동 무협공모전 수상작품집

이후 망원동 사무실에는 《악인지로》의 하성민, 《악선철하》의 정진인, 《만인동》의 무악, 《암천명조》의 설봉, 《월하강호》의 한수오 등이 들어와 습작을 하고, 또 작품을 내고 작가가 되었다. 그때 쯤 사무실은 용대운이 관리하는 A팀과 내가 관리하는 B팀의 이원체계가 되었다가, 용대운이 떠나고 얼마 후 나도 떠남으로써 다시 하나로 합쳐져 1세대 작가 강모씨에 이어 이모씨가 실장을 맡아하는 체제로 변화되었다. 그리고 몰락이 시작되었다.

이 체제 하에서도 《삼우인기담》의 장상수, 《반인기》의 유사하가 나왔고, 뢰에서 낸 건 아니지만 후에 《양각양》을 쓴 한상운, 《천화상련주》를 쓴 녹수영 등이 습작을 했으니 몰락이라고 하는 건 지나친 듯도 하다. 또한 금시조가 거기에서 첫 작품을 냈고, 춘야연이 있었으며, 과거에 여러 작품을 낸 경력이 있었던 백야가 다시 무협계로 돌아와 작품활동을 시작한 곳이기도 하다. 작가들의 다양함과 수, 무엇보다도 출간된 작품의 수로 보면 용대운과 내가 있던 시절보다 오히려 우위라고도 할 수 있다.

그러나 이 시절에 뢰출판사와 작가사무실에서는 신무협작가들이 거부했고 거리를 두려고 했던 과거 무협의 원칙들, 이를테면 앞부분에 기연이 반드시 나와야 하고, 주인공의 여자는 네 명 이상이어야 하며 등등의 원칙들이 작가들에게 다시 강요되던 시기였다. 이런 원칙이 좋다 나쁘다 말하는 게 아니다. 누군가는 이렇게 써야한다고 생각할 수도 있다. 하지만 이런 게

출판사의 방침이 되어 거기서 책을 내려면 모두가 그렇게 써야 한다고 지침을 내린다면 문제는 많다.

무엇보다 이때의 뫼출판사에서는 공동필명, 혹은 대표필명 이라는 악령이 다시 수면 위로 올라와 누가 쓰건 그 이름으로 책을 내게 되던 시절이기도 했다. 그렇게 만들어진 필명이 권 천이었다. 그리고 이 필명으로 책을 내기를 거부하는 사람은 사무실을 나가야 했다. 경향에 있어서 과거로의 회귀, 당장 이 득이 될 것같은 방향으로 움직이느라 장기적인 비전은 도외시 하게 된 조급함이 결과적으로는 작가들을 떠나게 만들었으니 이때의 망원동 사무실을 감히 몰락이라 말한 것이다.

이런 일들이 일어나게 된 사정과 배경에 대해서는 다른 지 면에서 자세히 논할 기회가 있을지 모르겠지만 일단 생략하고, 그 후의 일을 조금 더 말하자.

3. 그 후의 이야기

용대운은 용인으로 이사 가 집 근처인 삼전동에 정진인과 함께 작은 작업실을 만들었고, 거기 하성민이 합류했다. 후에 이 용인 작업실은 인근인 둔저리로 옮겨지면서 냉죽생, 석송 들이 합류한 더 큰 사무실이 되었다. 용대운이 다른 작가들과 다수의 공저작을 낸 용대운 프로가 이때 시작되었다.

나는 진산과 결혼하면서 잠실 근처 신천에 신혼집을 얻었 고, 그 인근에 이재일, 운중행, 몽강호, 한수오와 공동으로 사용하는 집필실을 구했다. 습작생도 없고, 지도하는 사람도 없으며, 모두가 동등한 자격으로 각자의 글을 쓰는 공간으로 자타칭 늘보방이라 불리는 곳이었다. 그 이름 덕분인지 구성원 모두가 늘보가 되어 버려서 결국 1년만에 문을 닫고 말았지만.

수년 후 용인의 사무실을 정리한 용대운은 양재동으로 사무실을 옮겼고, 용인에서부터 같이 있던 정진인, 하성민과 냉죽생에 늘보방이 문을 닫으면서 옮겨온 한수오, 운중행 등과 함께 양재동 시대를 열었다. 여기에서 그는 다시 습작생들을 받아 류진, 별도, 금와, 도현, 강유 등의 작가들을 키워냈다. 이 사무실은 2년쯤 유지되었는데 여기가 문을 닫으면서 용대운 프로도 같이 해체되었다.

이후 용대운은 용인, 서울 방이동을 거쳐 장지동에 사무실을 열어 나와 이재일, 임준욱을 포함한 여러 작가들과 공동작업실을 꾸렸다. 이때 쯤에는 더 이상 습작생과 실장이라는 체제가 유효하지도 않고 유용하지도 않게 되었지만 하는 일의 성격 상 외로울 수밖에 없는 작가들의 소통의 장이 되어주었다는 점에서, 조금 더 사정이 낫고, 조금 더 사정이 못한 작가들이 함께 모여 도움을 주고받을 수 있었다는 점에서 작가사무실은 나름대로의 의의가 있었다.

4. 정리

돌이켜 보면 용대운이 《태극문》을 낸 1994년, 그리고 나와 풍종호 등이 첫 작품을 낸 1995년은 그리 좋은 상황은 아니었다. 당시 용대운은 중국무협으로 유명한 모 출판사에 원고를 가져 갔다가 한국작가의 작품은 안 받는다는 이유로 퇴짜를 맞기도 하고, 뫼 출판사에서 낼 당시에도 이미 낸 야설록과 금강의 재 간작 판매가 부진하던 때라 그리 기대를 품지는 않은 상태였다. 나 역시 출간 자체가 힘들었고, 고료도 보잘 것 없었다.

하지만 당시에는 이전까지의 무협출간 풍토와 달리 새로운 시도가 가능하다는 자유로움이 있었고, 점점 더 나아질 거라는 희망이 있었다. 무엇보다 쉽고 간단하게 돈을 벌기 위해서가 아니라 자신의 이름과 인생을 걸고 작품을 쓰고자 하는 치열함 이 있었다. 이중 상당부분은 용대운이 분위기를 조성하고 도와 준 덕분이었다.

그리고 1996년 이후, 현재에 이르기까지 때로 굴곡이, 그리 고 부침이 있었지만 무협작가로서 용대운은 늘 동료, 후배작 가들과 함께 하려고 했고, 지금도 그렇다. 그때 키워지고, 또 함께 했던 작가들 중 여럿이 지금은 작품활동을 쉬고 있거나 심지어 연락도 되지 않지만, 그래도 다수가 아직까지 연락을 주고받고, 가끔씩은 모여서 작품 이야기, 사는 이야기를 나눌 수 있는 것은 용대운이라는 구심체가 있어서라고 하지 않을 수 없다.

무엇보다 세간의 평과는 상관없이 여전히 무협에 애정과 희 망을 가지고 작품활동을 하고 고민을 하는 나를 비롯한 여러 신무협작가들의 힘이 되어주는 원천에는 그때 그 시절에 함께

한 여러 동료들의 기억이 있고, 용대운의 가르침과 모범이 있
다. 창작은 전적으로 홀로 책임질 수밖에 없는 외로운 작업이
지만 이상과 뜻을 함께 하는 동료, 선배의 길은 그 자체로 힘이
되어주기 때문이다.

　우리에게 용대운이 그렇다.

《태극문》의 등장인물

공장에서 골방으로

이재일

1968년생. 서울 사람. 1992년 연세대 토목공학과를 졸업하였다. 졸업과 동시에 바둑신문사 기자로 입사 6개월 간 근무하였다. 이후 출판대행업을 하며 짬짬이 《쟁선계》를 집필. 하이텔 무림동에 연재하였다. 1995년 제2회 하이텔 무림동 공모전에 《칠석야》가 입상하여 이를 계기로 무협작가로 입문하였다.

1. 첫 인연

청소년기부터 탐닉한 한국무협(한국인에 의해 창작된 무협소설)에 뭔가 변화가 일어나고 있다는 것을 감지한 것은 내가 수험생 신분에서 벗어나 대학에 입학할 무렵(1986년)이었다. 변화의 방향은 아쉽게도 무척 바람직하지 못해 보였다. 가장 뚜렷한 현상은 필명의 신뢰도 추락 혹은 상실. 해당 필명을 사용하는 창작자의 능력이 감퇴해서가 아니었다. 하나의 필명으로 나온 두 종의 책이 동일인에 의해 쓰이지 않았음을 나 같은 공대생조차 확연히 알아볼 수 있었다. 이러한 대필 현상은 때마침 출판계에 불어닥친 영웅문(으로 대표되는 번역무협) 바람과 맞물려 가득이나 마이너 장르인 한국무협을 10년 가까운 암흑기로 몰고 갔다. 이른바 '공장의 시대'가 온 것이다.

독자인 내가 그 암흑기를 어떻게 보냈는가는 재미의 여부를 떠나 지극히 사적인 이야기인 탓에 이 기고문에서는 밝히지 않으려 한다. 다만 그 암흑기의 초반인 1988년 여름, 필명당 한 달에 두 세트(한 세트는 예닐곱 권) 이상 쏟아지는 공장 작들의 홍수 속에서 새로운 판형으로 자리하고 있던 《마검패검》을 접한 것이 나와 용대운 사이 인연의 첫 번째 파종임은 밝히고 싶다.

네 권짜리 책 어느 한 구석에도 친부모의 이름이 적히지 않은 불행한 자식은, 그 탄생에 얽힌 기구한 사연을 알 길 없는 독자에게 쾌락과 감흥을 동시에 안겨 주었다. 나는 대필 현상으로 비틀린 한국무협계에도 훌륭한 신인이 등장했음을 알게 되었고, 이것이 어떤 긍정적인 흐름으로 이어지리라는 기대감

용대운 장편무협소설 《마검패검》

을 품게 되었다.

내 예상은 보기 좋게 빗나갔다. 바라는 흐름은 일어나지 않았고, 공장장들은 망가져 가는 시장에서 마지막 단물 한 방울까지 기필코 뽑아내려는 듯 저마다의 공장을 미친 듯이 돌렸다. 그럼에도 내가 희망의 끈을 놓지 않은 것은, 몇 달 뒤 출간된 《철혈도》와 비슷한 기간을 두고 출간된 《유성검》 등을 통해 《마검패검》의 작가가 여전히 창작 활동 중임을 확인할 수 있었기 때문이다. 작가의 필명이 용대운임을 안 것도 그즈음*이었다. 나는 좁은 골방 안에서 공장 기계들과 대적하는 외로운 장인이 마침내 세상을 향해 자신의 이름을 드러내게 되었음을 축하했고, 마음으로 성원했다.

그러나 한두 작가의 힘으로 망해 가는 시장을 되살리기란 불가능했다. 한두 해 뒤 용대운의 이름을 달고 출간된 《도왕》을 읽던 중 처음으로 중도에 덮은 나는 그렇게 결론을 내렸고, 한국무협을 내 취미에서 지웠다.

2. 골방의 시대

내가 한국무협에 다시 관심을 주게 된 것은 대학을 졸업하고 첫 직장인 바둑신문사를 다니던 1993년이었다. 당시 한국통신에서 운영하던 PC통신 하이텔 유저였던 나는 무협물 관련

---

* 1989년 야설록·용대운 공저로 《탈명검》이 출간되었다. 연보 참조.

동호회가 있다는 얘기에 흥미를 느끼고 가입을 하게 되었다. 무림동에는 한국무협의 암흑기를 나와 비슷한 시선으로 바라본 다수의 회원들이 있었고, 나는 그들의 글을 읽으며 이제는 옛일이 되어 버린 내 취미를 추억했다. 부끄러움을 무릅쓰고 습작물을 올리기도 했다.

그러던 어느 날 무림동 내에 '작가 연재란'이란 코너가 문을 열었다. 공지에 따르면 아마추어가 아닌 현역 작가들이 그 코너의 주인이 될 거라고 했다. 이윽고 첫 번째 작품이 올라왔다. 제목은 《태극문》이었다. 작가는 바로 용대운이었다.

처음에는 믿기지 않았다. 비록 시장은 거의 망했지만, 만화방 신간란에 간혹 쌓이는 박스들을 통해 끈질긴 생존력을 증명하고 있는 공장의 또 다른 술책일지도 모른다고 의심했다. 의심이 사라지고 용대운 본인의 작품임을 믿게 된 것은 서너 회의 분량도 올라오기 전이었다. 나는 전작들을 통해 용대운의 스타일을 알고 있었고, 《태극문》은 그 스타일에 충실하면서도 순도 면으로는 전작을 상회하는 '진짜'였다.

나는 궁금했다. 이번에는 흐름을 만들어 낼 수 있을까? 예단은 용기를 필요로 했다. 과거에 한 번 경험한 실망이 섣부른 기대를 삼가게 만들었다. 그런데 놀랍게도 흐름이 뒤따랐다! 용대운은 《태극문》의 후속작으로 출간된 《강호무뢰한》의 서문을 통해 몇 명의 후배 작가들이 신작을 준비 중이라고 알렸고, 그로부터 얼마 후 좌백의 《대도오》가 출간되었다. 용대운과 좌백은 왕성한 창작열로써 이제 막 구르기 시작한 바퀴에 추력을 더했다. 용대운의 《독보건곤(1부)》와 좌백의 《생사박》이 앞서거니 뒤서거니 발표되더니, 또 다른 신인 풍종호가 과거에 대한 오마주와 미래에 대한 실험성을 함께 담은 화제작 《경혼기》와 《일대마도》로 흐름의 부피를 부풀렸다. 나는 이때에 이르러서야, 탐욕으로 비틀린 '공장의 시대'가 끝나고 '골방의 시대'가, 창작자 개인의 능력과 노력이 독자에 의해 제대로 평가받을 수 있는 시대가 돌아왔음을 알게 되었다. 나는 기뻤다. 그 흐름이 좋았다.

이때까지만 해도 일개 독자에 지나지 않던 내가 그 흐름의 물머리에 끼어들게 된 데에는 하이텔 무림동이 큰 역할을 차지한다. 나는 1995년 상반기에 개최된 무협소설공모전에서 입상했고, 그것을 인연으로 같은 해 가을 용대운이 실장으로 있던 작업실에 합류하게 되었다. 망원시장 건너편 비디오 가게 3층

용대운 장편무협소설 《강호무뢰한》

에 위치한, 작가와 습작생이 숙식을 함께 하며 저마다 머릿속에 그린 무협 이야기를 글로써 다듬어 내던 그 창작 공간의 공식적인 이름은 매우 간결하고 사무적이었다. '2팀'.

3. 망원동 황금기

작업실에는 두 명의 후원자가 있었다.

물질적 후원자는 뫼 출판사의 사주인 야설록이었다. 그는 작업실에 들어가는 제반 경비(보증금, 임대료, 관리비, 물품비 등)를 제공해 주었고, 습작생으로 들어온 사람의 경우 3개월간 일정 액수의 창작장려금(작업실 사람들은 무례하게도 그냥 '밥값'이라고 불렀다)을 지급하여 기초생활을 유지할 수 있도록 도와주었다.

정신적인 후원자는 실장이자 맏형(그보다 연상인 습작생이 없었던 것은 아니지만 그를 맏형이라고 부르는 데에는 모두 동의할 것이다)인 용대운이었다. 그는 실장으로서 작업실의 질서를 유지 감독하는 한편 습작생들이 쓴 글을 조언하고 감수함으로써 출간에 도움을 주었고, 선배로서 후배들이 알지 못하는(혹은 알더라도 정립시키지는 못한) 창작의 기법과 요령을 가르쳐 주었으며, 형으로서 아우들의 갖가지 고충을 해결해 주었다.

좋은 무협을 쓰고 싶다는 열정과 그 열정을 북돋아 주는 물심양면의 후원은 1995년 후반기부터 1996년 상반기에 걸쳐 본격적인 결실을 맺었다. 어둠침침하고 퀴퀴한 골방에서 각자를 다듬은 습작생들이 연이어 신작들을 출간해 낸 것이다.

대만 작가 고룡의 미발표작 《신검산장(박영창 번역)》, 무림동 공모전수상집인 《칠석야》와 《청산녹수/비애》, 운중행의 《추룡기행》, 장경의 《철검무정》, 석송의 《풍뢰무》, 진산의 《홍엽만리》, 이재일의 《묘왕동주(1부)》로 이어지는 신작들의 향연은 오랜 암흑기 끝에 한국무협의 다음 세대가 시작되었음을 알려 주었다. 때마침 형성된 대여점 유통 체제는 이후 창작 환경에 미치는 부정적인 영향에도 불구하고 단기간 내 양적 팽창을 가능하게 해 주었다.

죽어 가던 시장이 되살아나고, 공장 무협에 고개를 돌린 독자들이 속속 돌아왔다. 더욱 고무적인 소식은 새로 유입되는 젊은 독자들의 수가 만만치 않다는 점이었다.

이재일 장편무협소설 《칠석야》, 《묘왕동주》

그 이후 작가 대열에 합류한 《백일자객》의 몽강호, 《악인지로》의 하성민, 《만천화우》의 냉죽생, 《악선철하》의 정진인 등도 당시 그 작업실에서 창작을 시작한 사람들임을 밝히며, 아울러 운이 맞지 않아 작품을 내는 데는 성공하지 못했지만 그럼에도 좋은 동료가 되어 내 젊은 날을 풍성하게 만들어 준 몇몇(본명이므로 밝히지 않음을 양해하시길)에게 고마움을 전하고 싶다.

4. 잔치가 끝난 후

나는 요즘도 가끔 생각해 본다. 내가 '망원동 황금기'라고 부르는 그 시기가 조금만 더 길었다면 어떤 일이 벌어졌을까, 하고. '공장의 시대'의 산물인 이른바 '공장무협'에 자멸의 유전자가 내재되어 있었듯이, 우리에게도 그 비슷한 유전자가 숨 쉬고 있다는 것은 황금기의 첫 수확이 끝난 직후 드러났다.

예나 지금이나 마이너 장르인 한국무협은, 극소수 걸작을 제외하면, 양이 시장을 결정할 수밖에 없는 구조였다. 그리고 막 필명을 얻긴 했지만 작가로서의 능력은 아직 갖추지 못한 햇병아리들에게 시장이 바라는 양은 너무 과했다. 게다가 안목은 필력보다 빨리 성장하는 법이라, 처녀작을 쓰는 과정에서 불필요하게 높아진 안목이 그들의 발목을 잡았다. 분출하듯 작품이 나와야 할 시기임에도 차기작에 대한 소식은 감감했고, 시장은 그들이 맞추지 못한 양을 다른 선을 통해 공급받기를 주저하지 않았다. 다른 선은 이전부터 존재했다. 암흑기 이전에 출간된 구작들 중에는 새로이 형성된 시장에 내놓아도 부끄럽지 않을 만한 것들이 다수 있었다. 이제 그들은 신작을 내놓아도 동료들의 신작이 아닌, 구작들과 경쟁해야 하는 처지에 놓이게 되었다.

공들여 키운 나무가 첫 번째 수확제 이후 골골거리는 꼴을 손 놓고 지켜보자니 후원자인 뫼 출판사로서도 답답했을 것이다. 그 답답함은 실장인 용대운에 대한 압박으로 드러났다. 몇 가지 모색도 해 보았다. 작업실 구성원을 A, B팀으로 나눠 공간을 구분하기도 했고, 일대일로 파트너를 정해 매주 일정량을 의무적으로 모니터링해 주기도 했으며, 잠자리와 작업 공간이 지나치게 가까운 문제를 해소하기 위해 작업실 외부에 숙소를 구하기도 했다. 그러나 노력은 별다른 성과물로 이어지지 않았고, 출판사로부터 들어오는 지속적인 압박과 스스로 발전을 포기한 듯한 후배들의 나태에 실망한 용대운은 결국 실장 자리에서 물러나고 말았다. 당시의 우울한 상황에 대해서는 다른 지면(개인의 감상을 보다 자유로이 펼칠 수 있는)을 통해 쓸 계획이다.

5. 더 작은 골방으로

용대운이 실장 자리에서 물러난 이후 내가 망원동을 떠나기까지는 그 이전보다 곱절 이상 긴 시간이 걸렸지만, 머릿속에 남는 기억은 별로 없다. 애써 더듬어 보자면, 이전에 실장으로부터 받던 감수 과정을 출판사가 외부 위촉한 심사관(1세대 작가

중 일인이었다.)으로부터 받게 되었다는 것, 그 심사관으로부터 날아든 첫 번째 성적표가 내 대학 시절 성적표와 비슷한 수준이었다는 것, 좌백이 새로운 실장이 되었다는 것, 무악과 설봉과 한수오가 작업실에 합류했다는 것 정도랄까.

얼마 후 장경이 고향으로 내려가고(창작을 포기했다는 뜻은 당연히 아니다), 하성민과 정진인은 용인에 작업실을 구한 용대운에게 몸을 의탁했다. 그것을 기점으로 골방을 공유하던 우리들은 더 작은 각자의 골방으로 분화해 나가기 시작했다. 오해의 소지를 없애기 위해 부연하자면, 이러한 분화 현상과 신임 실장이 된 좌백의 역량은 무관한 문제라고 본다. 본래 골방이란 혼자서 쓰는 곳이다. 용대운과 그 후배들은 골방으로써 공장에 맞서려 했고, 그 길을 택한 이상 분화는 필연적이었다. 분화의 장점 중 하나는 책임 소재의 명확함이다. 작가로 성공하거나 혹은 그러지 못하거나, 각자의 책임일 따름이다.

1997년 봄, 나는 더 작은 골방으로 들어가기 위해 망원동 작업실을 떠났다.

조지건과 화금악

하이텔 무림동의 등장

임무영

서울에서 태어나 서울대학교 법과대학을 졸업하였고 동 대학원에서 박사과정을 수료하였다. 서울지방검찰청 의정부지청을 시작으로 24년간 전국 각지의 검찰청에서 근무하였으며, 현재 서울고등검찰청 검사로 재직 중이다. 작품으로는 《검탑》(전2권), 《황제의 특사 이준》이 있다.

I. ketel의 탄생

벌써 25년 전 일이라 정확히 기억하기는 어렵다. 따로 적어 놓은 자료도 없고.

내가 PC통신을 처음 시작한 건 1989년 겨울이 아니었나 싶다. 그 때 처음 통신용 프로그램을 286PC에 인스톨하는 법을 배우고 – 물론 무려 20메가 하드 디스크가 들어있는 컴퓨터를 180만원에 구입한 후 플로피 디스크를 갖고 있는 후배가 직접 방문해 인스톨 시켜줬다 – 처음에는 개인이 운영하는 bbs를 돌아다녔다. 그러다 bbs 외에 PC통신이라는 것도 있다는 사실을 알게 돼 1989년 여름, 비가 엄청나게 쏟아지던 어느날 직접 한국경제신문 본사에 찾아가 ketel(나중의 hi-tel)에 회원으로 가입하고 아이디를 신청했다. 일주일 후 편지를 통해 내 아이디가 확정됐다는 통보를 받았는데 내가 신청한 아이디와는 팔촌 형제 정도 비슷한 모습이었다. 그리고 그 일주일 사이에 한국경제신문은 온라인 회원가입제도를 시행해서 다른 사람들은 모두 자기가 원하는 아이디를 얻을 수 있었다.

당시의 ketel은 게시판 위주였고, 각 게시판마다 주로 활동하는 사람들이 있었다. 그 때 통신을 하던 사람들은 무료 서비스였던 ketel이 10만 명을 안 넘었고, ketel과 양대 산맥을 이뤘지만 유료였기 때문에 사람이 적었던 PC-serve(나중의 천리안)가 1만 명 언저리였다고 들었다. 게다가 접속회선의 한계로 인해 동시접속 인원이 제한돼 있어 대체로 사용 시간대가 일정했다. 그래서 들어가 보면 거의 그 사람이 그 사람이었다.

2. 최초의 온라인 연재 무협

내가 가입했을 때 ketel은 10여 개의 동호회를 인가해준 상태였던 것으로 기억하는데 애니메이션, 영화 등 기존에 이미 상당한 세력과 인지도를 쌓은 동호회들이 활발하게 활동을 하고 있었다.

당시 군복무 중이었던 나는 처음에는 그저 구경꾼에 지나지 않았지만 제대 말년의 객기로 인해 무협소설을 하나 연재하기 시작했다. 그걸 대학 때 써클 회지에 먼저 연재했는지, 아니면 ketel에 먼저 연재하기 시작했는지는 정확하게 기억나지 않지만 아마 ketel이 나중이 아닌가 싶다. 하여간, 당시 ketel에는 contest인가 하는, 창작 소설을 연재하는 게시판이 있었는데 이성수, 듀나, 방재희 등이 연재하는 SF가 가장 인기를 끌고 있었고, 몇몇 초기 유머 소설들이 등장하기 시작했으며, 아직 이우혁이 퇴마록을 연재하기 이전이었다. 따라서 내가 연재하던 소설(이라고 하기 상당히 거시기하지만)은 국내에서는 – 그리고 당연히 세계에서도 – 최초로 온라인에 연재된 무협소설이었다.

5. 무림동의 탄생

내가 자발적으로 연재를 개시한 건 아니었다.

당시 PC통신에서 가장 인기가 있는 서비스는 대화방이었는데, 인원 제한이 있는 그 곳에 모인 몇몇, 당시로서는 아주 열렬한 무협 팬들이 무협소설 동호회도 만들어보자는 이야기를 하기 시작했다. 처음에는 ketel측에 그냥 건의만 하면 당장 해줄 줄 알았지만, 아마도 서버의 용량 때문인지 안된다는 답변을 듣게 되었다. 그러자 가장 열렬한 멤버였던 정련(아이디 tihman) 군이 나에게 써클에 연재 중인 무협소설을 ketel에도 연재해서 독자들을 끌어모은 후 그 세력을 이용해 동호회를 만들자는 제안을 했다. 당시 그다지 철이 많이 들지는 않았던 나도 선뜻 그러자고 승낙한 후 바로 연재를 시작했다.

소설의 완성도는 별로 높지 않았고, 게다가 무협의 기초를 알리자는 의도가 있었기 때문에 가능한 한 한국 창작무협의 전형적인 클리셰를 많이 사용하려고 하였으며, 무협을 전혀 모르는 사람들을 상대로 한 교육 효과를 기도하기 위해 각주를 활용했으므로 사실 가독성도 떨어지고 재미도 별로 없었지만 최초이자 유일한 무협소설이라는 이유 때문에, 당시 조회수는 무척 높았다. 그래서 PC-serve측에서 연재를 조건으로 무료 아이디를 제안해 가입하기도 했고, 여러 사설 bbs에 불법적으로, 혹은 나의 승인 하에 합법적으로 전재되기도 했다.

뭐, 하여간 그렇게 시간이 좀 흐르다 보니, 굳이 나 때문이라고 할 수는 없지만 결국 ketel에서는 무림동의 설립을 승인해 줬다. 그래서 첫 공식 모임이 1991년 겨울쯤 이대 앞의 어떤 다방에서 있었던 것 같다. 초대 회장으로는 홍성길(아이디 mrpoirot)

임무영 장편무협소설 《검탑》

씨가 선출됐던 것으로 기억한다. 나는 모임에서 제일 나이가 많았고, 이미 제대한 후 갖게 된 직장도 그런 일을 하기는 곤란한 상태였기 때문에 무림동의 회칙을 만든 것을 마지막으로 무림동 모임에서는 손을 떼었고, 직장에서 통신에 접속한다는 것은 불가능했기 때문에 이후 서서히 ketel과 PC-serve 등 초창기 PC통신으로부터는 멀어지게 됐다.

그래서 그 후 몇년 사이에 무림동의 가장 화려한 시절이 시작되고, 용대운님을 비롯한 작가들이 화려하게 등장하기 시작하는 모습을 직접 목격하지는 못했다. 그리고 사실 내가 아니었다 하더라도 ketel의 서버 용량 확장으로 인해 무림동은 그 시기쯤 그 때와 거의 비슷한 모습으로 시작했으리라고 생각한다.

그러나 그렇다 하더라도 어쩌면 내가 아니었다면 용대운님의 컴백, 그리고 좌백님과 진산님의 결혼, 이재일님의 데뷔 등은 지금과는 훨씬 다른 모습이었지 않았을까 하는 생각을 해보곤 한다.

태극문,
그리고 신무협에 대한 논고

◑ 원주는 원 논문에 붙어있던 주석입니다.

용대운, 낭만적 자아를 추구하는
복수담과 완성담

전형준

1956년생. 서울대학교 중문과 및 동대학원 졸업. 충북대학교 중문과 교수를 거쳐 서울대학교 중문과 교수로 재직 중. 중국문학에 대한 연구 외에 《무협소설의 문화적 의미》, 《한국무협소설의 작가와 작품》 등 무협에 대한 저술을 발표했다.

한국무협소설의 역사에서 용대운의 위치는 특이하다.

1961년생으로 서효원이나 야설록과 동년배인 용대운이 첫 작품 《마검패검》*을 출판한 것은 1988년이었으니 이때는 서효원이나 야설록은 물론이요 소위 창작무협소설계가 전반적으로 침체 상태에 빠져 있던 시기였다. 침체기였기 때문에 더 그랬을 터인데 신인 작가가 유명 기성 작가의 이름을 빌려 출판하는 관례에 따라 용대운은 처음 세 작품 《마검패검》과 《철혈도》, 《유성검》을 야설록의 이름을 빌려 출판하였고, 네 번째 작품 《탈명검》부터 비로소 자신의 이름을 걸 수 있었다(그것도 야설록

---

* 용대운의 첫 출간작은 1986년 출간된 《낙성무제》. 연보 참조.

과의 공저라는 모양으로). 이런 열악한 환경 속에서 씌어진 것이지만 용대운의 작품들은 지금 돌이켜보아도 자못 주목할 만한, 참신한 면모를 갖추고 있었다. 그러나 열악한 환경은 결국 용대운 역시 작품 활동을 중단하지 않을 수 없게 만들었다.

《검왕》을 마지막으로 무협소설계를 떠났던 용대운은 4년 뒤인 1994년 화려하게 복귀한다. 서효원의 《대자객교》가 재출판되어 독자들의 환영을 받은 직후가 되는데, 이 장면에서 주목되는 것은 그 복귀의 경로이다. PC통신 무협소설 동호회(하이텔의 무림동)에 "《검왕》 탈고 이후 출간하려고 구상했다가 반 정도 쓰고 중지했던 작품"인 《태극문》을 연재했던 것인데, 이것이 큰 인기를 끌면서 소위 창작무협소설의 부흥에 결정적인 작용을 했다. 《태극문》 이후의 한국무협소설을 '신무협'이라고 부르는 세간의 관습에 따른다면, 신무협은 구무협과 그 스타일에서 구분될 뿐 아니라 매체라는 측면에서도 구무협이 만화방용 출판 위주인데 비해 신무협은 PC통신(나중에는 인터넷) 연재와 도서 대여점용 출판을 두 축으로 한다는 점에서 큰 차이를 보인다. 《태극문》은 스타일과 매체 두 측면 모두에서 '신무협'의 효시이거나 선구자라고 할 만하다. 이 점을 중시하여 용대운에 대한 우리의 고찰은 《태극문》에서 시작하기로 하자.

《태극문》의 이야기는 복수라는 무협소설의 고전적 주제와 무도의 완성이라는 비교적 새로운 주제의 중첩에 의해 구성되었다. 주인공 조자건의 형 조립산이 화군악의 손에 죽고 그리하여 조자건에게는 그 복수를 해야 한다는 사명이 주어진다.

화산 선인봉, 무적초자 화군악과 신주대검협 조립산의 운명의 대결

그런데 그 복수는 단순한 복수가 아니다. 조립산의 죽음이 정당한 비무의 결과이기 때문이다. 화군악은 당대 최고수들(조립산은 그 중에서도 으뜸가는 고수였다.)과의 비무에서 모두 승리하여 자신이 천하제일의 고수임을 입증했고, 그 입증 이후에도 더 높은 경지, 궁극의 경지를 향해 홀로 수련한다. 그러니 조자건의 복수는 단순히 화군악을 죽이는 데 있는 것이 아니라 화군악과의 정당한 비무에서 승리하는 데 있는 것이다. 그 승리를 위해서는 화군악보다 더 높은 경지에 오르지 않으면 안 된다. 화군악이 무도의 완성에 접근해가고 있으므로 화군악보다 더 높은 경지에 오른다는 것은 곧 무도를 완성시킨다는 것, 혹은 그 완성에 좀 더 가깝게 접근하는 것과 다르지 않다. 여기서 중요한 것은 완성이지 복수가 아니다. 완성이 복수를 위한 수단인 것이 아니라 거꾸로 복수가 완성의 한 동기이고 그 과정의 일부인 것이다.

이러한 해석은 복수라는 사명이 주어지기 전에 이미 조자건이 천하제일고수를 자기 인생의 목표로 삼았고 천하제일고수가 되기 위한 수련을 시작했다는 데에서 설득력을 얻는다. 조립산이 세운 교육과정에 따라 조자건은 아홉 살 때부터 10년간 남들의 싸움 구경을 했고, 그 다음엔 매일 천 번의 도끼질과 백 번의 육합권(기초 무술인) 연습을 했고, 그 다음엔 독고붕에게 심등대법을 배웠고, 그 다음엔 악교에게 불괴연혼강기를 배웠다. 조립산의 죽음은 그 다음에 발생한다.

그런데 이 '완성'이라는 같은 목표를 가진 인물은 조자건만

백포옥검 남궁화룡을 반선수로 제압하는 천룡대협 번우량

이 아니라 여럿이다. 그 중에서도 태극문에 모여드는 5명이 중요하다. 섭보옥, 모용수, 위지혼(지나는 길에 언급하자면 필자가 알기로 위지라는 성은 없다. 있는 것은 울지이고 울지라 읽는다), 번우량, 그리고 조자건이 그들이다. 이들은 화군악과의 비무에서 죽은 고수의 후예라는 점에서, 그리고 무도의 완성을 위해 태극문의 무공을 선택했다는 점에서 공통된다.

태극문의 창시자 위지독고는 당대의 천하제일고수였으나 유일하게 그의 무공을 계승한 현재의 태극문 문주 냉북두는 삼류 무공밖에 알지 못한다. 왜냐하면 냉북두가 배운 것은 육합권, 복호장법, 산화수, 원앙각, 비응십팔조, 유운지, 포천삼, 용협십이로, 대좌골, 복마검법 등 평범하기 짝이 없는 삼류무공 열 가지뿐이기 때문이다. 그렇다고 위지독고가 자신의 무공을 다 가르치지 않은 것은 아니다. 그 열 가지가 위지독고의 무공 전부이기 때문이다. 위지독고는 그 무공으로 천하제일고수가 되었으나 냉북두는 그러지 못했다. 그것은 재질의 차이 때문이다. 말하자면 위지독고는 평범 속의 비범을 성취할 재질이 있었으나 냉북두는 재질이 부족해 평범에 머무르고 만 것이다. 평범 속의 비범은 어떻게 성취되는가. 그것은 '완전해지기'를 통해 성취된다. 평범한 무공도 그 자체로 완전해지면 이미 평범이 아니라 비범이 된다는 것, 비범도 그냥 비범이 아니라 무도의 완성이 가능할 정도의 비범이 된다는 것(이 발상은 상당히 도가적이다.)이 이 작품에서는 서사의 가장 핵심적인 전제이다.

그러나 5명 중 끝까지 태극문의 무공을 배우는 것은 조자건

당문 형제들이 쏜 54개의 가공할 혈적자를 나무막대 하나로 되쏘아내는 조자건

하나뿐이다. 다른 넷은 평범의 반복을 견디지 못하고 하나씩 떠나 다른 길을 택한다. 모용수는 천기노인을 따라가고, 번우량은 소림사의 속가제자가 되고, 위지혼은 일본도를 배우러 떠난다. 섭보옥만이 무공이 아니라 감정 문제로 떠나는데 그것은 섭보옥이 여자이기 때문이고, 이러한 설정은 여성에 대한 편견이라고 비난받을 만도 하지만 어떻든 중요한 것은 섭보옥도 태극문의 무공을 포기한다는 사실이다. 그리고 결국 완성을 이루는 것은 끝까지 태극문의 무공을 배워서 그것을 완전하게 만들어 평범 속의 비범을 성취하는 조자건 혼자이다. 물론 완성을 이루기까지 조자건은 무수한 시련을 겪고 그것들을 모두 극복해야 한다. 비무행, 화군악에의 도전권이 걸린 영웅대회, 친구 동생들의 배신, 거듭되는 구호당의 음모, 최고수들과의 대결, 이 과정에서 조자건은 자신의 무공에 있는 허점을 발견하고 그 허점을 하나하나 없애간다. 결국 허점을 다 없애는 데 성공한 조자건은 자신의 무공을 완성하고 검도의 최고 경지라는 화군악의 무형검을 물리친다.

《태극문》의 이야기 전체를 하나의 자아 내부에서 벌어지는 현상에 대한 알레고리로 읽을 수 있을 것 같다. 이렇게 읽는다면 조자건의 무도의 완성은 곧 자아의 완성이다. 조자건의 경쟁자들은 우호적이든 적대적이든 그 완성을 위해 필수적이다. 가령 모용수나 위지혼, 번우량, 섭보옥 같은 우호적 경쟁자들은 조자건의 완성을 위해 중요한 도움을 준다. 섭보옥은 위불군의 조마경 공격을 막아주고, 위지혼은 자신의 몸에 난 상처

조자건을 살해하기 위해 살인무기 조마경의 광선이 내쏘아지자
수심경으로 막아내는 신주흥안 섭보옥

를 통해 화군악의 무공을 알려주며, 모용수는 조자건의 마지막 허점이 변화에 있음을 알려준다. 이들은 조자건에게 도움을 주기 위해 자신의 무공을 상실하거나(섭보옥) 자신의 목숨을 희생한다(위지혼. 모용수). 이들의 도움이 없었더라면 조자건은 완성을 이루지 못했을 것이다.

어쩌면 이들은 조자건과 별개의 인물이라기보다는 한 자아의 여러 다른 측면이라고 보아야 되는지도 모른다. 과자옥 같은 적대적 경쟁자의 경우도 마찬가지이다. 강철이 만들어지기 위해서는 단련이 필요하듯이 적대적 경쟁자들에게 시련을 받고 그것을 이겨내는 것은 완성을 위해 필수적이다. 게다가 적대적 경쟁자들 또한 사실은 자아의 다른 측면들일 수 있다. 단지 그것들은 부정되거나 배제되거나 억압되어야 하는 측면들일 뿐이다. 자아의 완성은 통합에 의해 이루어지며 이 통합은 자아의 어떤 측면의 헤게모니 하에 다른 어떤 측면들은 포섭하고 또 다른 어떤 측면들은 배제한다. 그렇다면 화군악은 무엇인가. 화군악은 여기서 절대적인 타자이다. 이는 옳고 그름의 문제가 아니다. 절대적으로 강하며 그 자신 하나의 완벽한 자아인 화군악을 물리친다는 것은 독립적인 완전한 자아 성립의 징표인 것이다. 자아 성립의 이야기는 그 농도의 차이는 있을지언정 거의 모든 무협소설에 공유되는 것인데 《태극문》은 그 농도가 유난히 짙은 경우라 할 수 있다.

좀더 생각해 보면, 가령 워룽성(와룡생)의 자아가 주어진 질서에 대한 무반성적 순응을 통해 형성(혹은 주조)되는 데 비해

집마부의 범선 위에서 집마부 최강의 고수들과 맞선 조자건과 사마결

《태극문》의 자아는 주어진 질서의 정당성을 전제하지 않으며 오히려 삶의 의미와 방법에 대한 질문과 탐색을 통해 스스로를 새롭게 형성시킨다는 점에서 구별된다.

조자건은 "자신이 추구하는 최고의 무도를 위해서 그는 자신도 모르는 새 무언가 다른 소중한 것을 잃어버리고 있는 것이 아닐까?"라고 자문할 줄 안다. 또한 조자건에게는 "다른 사람에게는 진실이 아닐지라도 나에게 있어 그건 분명 진실이오"라고 말할 수 있는 강한 주관주의가 있다. '진정한 마인'이라는 개념도 이렇게 해서 생겨난다. 조자건이 보기에 집마부의 두 부주는 "자신이 추구한 바를 위해 최선을 다한 인물들"이고 "간악한 술수를 쓰는 효웅이나 뒤에서 남을 헐뜯는 소인배들과는 전혀 다른 마도인"들인 것이다. 조자건이 존중하고 추구하는 가치는 중산층적 속물성과는 대척적인 자리에 있는 것이라고 할 수 있다. 주관적 진실에의 확고한 믿음을 근거로 한 자유가 그것이다. 그러니 조추음이 조자건을 두고 "그는 마치 자유인 같아"라고 평하는 것은 썩 적절하다 할 것이다.

《태극문》이 자아의 완성에 대한 이야기라면 그 자아는 주관적 진실과 그에 입각한 자유를 내용으로 하는 낭만적 자아라 하겠다. 한국무협소설 작가 중 구룡(고룡)의 영향을 가장 많이 받은 작가가 바로 용대운인데, 그 영향은 모티프, 에피소드, 소도구, 인물, 말투에 이르기까지 폭넓게 나타나지만 그 중 가장 심층적인 것은 낭만적 자아에 대한 추구라는 주제적 내지 사상적 측면이라고 생각된다. 다행히 용대운은 구룡의 단순 복제는

두인과 음태평의 협공을 물리치는 조자건

결코 아니다. 구룡의 낭만적 자아 추구는 비관주의와 비극적 정서에 젖어 있는데 반해 《태극문》을 통해 볼 때 용대운의 그 것은 든든한 낙관주의 위에 서 있다. 용대운에게 낭만적 자아 는 원리상으로 확고한 신뢰의 대상이다. 그래서 구룡보다 나이 브하다고 평할 수도 있겠지만.

그렇다면 초기의 용대운은 어떠했을까.

첫 작품인 《마검패검》은 1988년 당시는 물론이고 지금 보아 도 참신성이 느껴지는, 썩 잘 씌어진 작품이다. 《마검패검》을 《태극문》과 비교해 보면 복수 이야기도 아니고 완성 이야기도 아니다. 오히려 복수나 완성이라는 가치로부터 비껴서 있거나 그에 반하는 이야기이며 그보다는 작가의 자평대로 "오직 한 가지 일에만 매달려 최선을 다하는 이들의 모습"을 그린 이야 기라 할 수 있다. 작가는 그것을 사심 없고 순수한 모습이라고 말하고 있는데 이 의견에 기본적으로 동의할 수 있겠다.

이야기는 맹인 소년 전옥심이 석벽에 천 개의 불상을 조각 하는 장면에서 시작된다. 전옥심은 하인 신분으로 주인댁 아가 씨 황연화와 사랑에 빠진 대가로 두 눈을 잃은 과거를 가지고 있다. 그가 지닌 천재적 재질을 알아본 천기수사 주자앙이 그 를 구해 주었고 그에게 무공을 가르치고 있는 것이다. 그런데 무림에서 가장 뛰어난 인물 중의 하나인 주자앙은 친구에게 배 반당해 두 다리와 한 팔, 그리고 한 눈을 잃은 상태이다. 한 맺 힌 스승과 한 맺힌 제자가 만난 것이다. 감각도를 배우고 이식 수술을 통해 시력을 되찾고 여덟 가지 검법을 배운 뒤 괴노인이 남긴 일천영이라는 초식과 주자앙이 창안한 단심혈한이라는 초식까지 배우고 나서 7년 만에 비로소 무림에 출도하는 전옥심에게 주어진 과제는 그에게 무공을 가르쳐준 여러 사람들의 한을 풀어주는 일이다.

전옥심의 과제 수행은 십자맹이라는 비밀조직과의 대결을 야기한다. 이 기나긴 대결 과정에서 전옥심은 무수한 살육을 행하게 되고 '검마'라는 별호를 얻게 되는데 그에게는 다시 두 개의 대결이 더 추가된다. 하나는 옛 애인이었던 황연화의 남편 위종산의 살인청부이고 다른 하나는 라이벌인 화산파의 청년 고수 좌백('백'의 한자가 다르지만 1995년부터 활동을 시작한 대표적 '신무협' 작가 좌백과 이름이 같다 우연인가?)과의 대결이다. 하지만 이 두 대결은 내용상 다시 십자맹과 연결되므로 결국 하나라고 할 수 있다. 중간에 전옥심은 석무군(두 사람이 부자간임이 밝혀진다)을 만나 괴노인이 남긴 일만뢰라는 초식과 석무군이 창안한 우주만리붕이라는 초식을 배우며, 종리을진을 만나 괴노인이 남긴 일광혼이라는 초식과 종리을진이 창안한 격수검형이라는 초식을 배운다.

마지막에 가서 사태의 전모가 밝혀진다. 종리을진의 사부이며 십자맹주 남궁진웅의 아버지이고 지난 백 년 이래 천하제일검인 남궁산의 호승심이 십자맹과 관련된 모든 비극의 원인이었다. 일천영, 일만뢰, 일광혼은 천 년 전의 무적 고수였던 검신의 무공이었고 남궁산은 당대의 가장 뛰어난 세 인재에게 그 세 가지 검초를 꺾을 수 있는 무공을 창안하도록 자극을 주려

한 것이었다. 자신이 창안한 무공과 비교해 보려는 게 그의 목적이었다. 결국 남궁산과 전옥심의 대결이 벌어지고 이 대결에서 전옥심이 승리하는 것으로 이야기는 종결된다.

이 이야기가 왜 복수 이야기가 아닌가 하면 첫째는 전옥심이 자신을 해친 위종산과 오상에게 복수를 하지 않기 때문이고, 둘째는 십자맹과 관련된 모든 원한이 남궁산의 조작의 결과임이 밝혀지면서 복수라는 것이 무의미해지기 때문이다. 또이 이야기가 왜 완성 이야기가 아닌가 하면 남궁산의 호승심을 일종의 완성 추구라고 볼 때 그 완성이라는 것이 얼마나 반인간적인 것이고 덧없는 것인가가 이야기의 귀결이 되고 있기 때문이다. 남궁산의 완성 추구에 대응하여 이루어진 전옥심의 완성 또한 이 맥락에서 똑같이 덧없는 것으로 착색된다. 결말에서 이루어지는 것은 완성이 아니라 맺힌 한이 풀리는 것이다. "따가운 햇살이 그의 전신을 따사롭게 비춰 주고 있었다"라는 마지막 문장은 해한의 이미지로서 평범하지만 적절한 것 같다. 이렇게 보면 이 작품은 고독과 허무, 우울과 비탄을 삶의 조건으로 파악하고 그 조건을 따뜻하게 껴안는 이야기라고 할 수 있을 것이다.

그밖에 주목할 것은 이 작품에 사용된 부분적 기법과 장치들이다. 우선 전옥심 등과 십자맹 사이의 대결 과정 곳곳에 삽입된 추리소설적인 에피소드들이 눈길을 끌고, 전옥심과 제일비의 관계(사제간 내지 형제간이라고 할 수 있을), 영웅대회라는 장치, 무공 습득 과정에 대한 자세한 묘사 등이 주목된다. 이것들이 용대운의 이후 작품에서 반복해서 출현하는 것이다.

두 번째 작품 《철혈도》부터 복수 주제가 전면에 대두된다. 《철혈도》의 주인공 유철심은 형 유철악의 죽음에 복수하기 위해 무림에 출도하며 복잡한 내막과 음모가 개재되어 있는 유철악의 죽음의 비밀을 알아내고 온갖 어려움을 극복한 뒤 마침내 복수에 성공한다. 여기서 유철악의 복수는 무림의 대세를 결정짓는 싸움과 겹쳐진다. 그에 비해 《유성검》(여기서는 1989년의 초판이 아니라 1995년에 나온 개정판을 텍스트로 삼는다)은 더욱 집중적인 복수 이야기다. 주인공 조무상은 최고의 솜씨를 가진 직업 살수이다. 살인청부업으로 버는 돈은 불치병을 앓는 누이동생의 약값으로 들어간다. 조무상 남매의 불행은 천하제일고수로 유명한 소대진 암살을 맡은 데서 비롯된다. 암살에 성공하지만 살인 청부 자체가 음모였던 탓에 조무상은 마도의 비밀 조직 구중천의 공격을 받아 누이동생을 참혹하게 잃고 그 자신도 죽을 뻔한다. 그 다음은 구중천에 대한 복수의 시작이다(소녀의 죽음에 대한 복수라는 모티프를 미국 대중소설인 퀸넬의 《불타는 사나이》에서 따왔다고 작가 자신이 밝히고 있다. 《불타는 사나이》는 외인부대 출신의 크리시를 주인공으로 한 연작소설 《크리시》의 첫 번째 작품이다).

《탈명검》 역시 집중적인 복수 이야기이다. 주인공 임무정은 대장간 일꾼의 신분으로 무림 제일의 가문인 화씨세가의 외동딸과 연애를 하고 그 때문에 감옥에 종신 수감된다. 10년 만에 탈출하게 된 임무정은 북해로 가서 전설로 전해지는 '북해의 검'을 얻고 삼십대 중반의 나이가 되어 중원으로 돌아오는데,

이로부터 복수행이 시작된다(작가는 켄 폴렛의 《피터스버그에서 온 사나이》에서 착안을 얻었다고 밝혔는데 《피터스버그에서 온 사나이》가 어떤 소설인지는 미처 확인하지 못했다. 연애가 문제가 되었다는 점에서 《마검패검》의 전옥심과 《탈명검》의 임무정은 비슷한데 흥미로운 것은 전옥심의 옛 애인이 자살하는 데 비해 임무정의 옛 애인은 임무정에 대한 애정 때문에 고뇌하고 임무정과 정사를 나누기도 한다는 점, 더구나 둘 사이에 낳은 딸이 있다는 점이다. 《탈명검》 쪽이 더 현대적인 동시에 더 멜로 드라마적이다).

정리해 보자. 《마검패검》은 복수와 완성이라는 두 개의 모티프가 서사의 중심축이 되면서도 실제 이야기는 그것들로부터 비껴서 있거나 그것들에 오히려 반하는 방향으로 조직되어 있다. 이에 비해 《철혈도》, 《유성검》, 《탈명검》 등 후속작에서는 완성 모티프가 아주 희박해지는 대신에 복수 모티프가 전면에 대두된다. 그렇다면 이 네 작품을 동일한 지평에 놓고자 할 때 우리는 좀 다른 방향에서 살펴볼 필요가 있겠다. 중요한 것은 복수가 아니라 복수의 동기가 되는 피해의 경험일 수 있다. 피해의 경험으로 인해 한을 품게 된다는 것, 그리고 그 한이 인물로 하여금 강력한 의지를 갖게 만든다는 것이 중요하다. 이 점은 특히 본래는 평범한 하인이고 대장간 일꾼인 전옥심과 임무정에게서 두드러진다. 유철심과 조무상처럼 원래부터 굳센 기질을 가지고 있던 인물들 역시 한층 더 강력한 의지를 갖게 된다는 점에서 예외는 아니다.

이렇게 보면 용대운의 작품들은 실은 의지에 대한 이야기, 강력한 의지를 가지고 어떤 일을 추구하여 마침내 달성하는 이야기라고 할 수 있다. 개인적 복수와 겹쳐지기도 하고 그러지 않기도 하지만 그 일은 한결같이 무림을 지배하는 거대 권력 내지 거대 집단과의 싸움을 내용으로 한다. 주인공들은 조력자가 없는 것도 아니고 심지어 그들의 조력이 필수적이기도 하지만 기본적으로는 개인으로서 그 싸움을 수행한다. 개인 대 지배 집단의 대결이 기본 구도인 것이다. 그 싸움의 승리는 개인의 가치를 실현하고 개별적 자아를 세운다는 것을 뜻한다. 주인공들에게는 자신이 새로운 지배 권력이 되고자 하는 의도나 욕망이 전혀 없다(이 점이 야설록과의 결정적인 차이이다). 이렇게 보면 표면으로 직접 드러나지 않아서 그렇지 용대운의 초기작 역시 《태극문》과 마찬가지로 낭만적 자아의 추구라는 주제를 핵심으로 하고 있음이 분명하다.

다시 《태극문》으로 돌아가 보자. 《태극문》은 '무도의 완성'이라는 모티프의 중점적 대두, 그리고 평범이 완전해짐으로써 비범이 된다는 발상이 새롭지만 그밖에는 초기작의 연속이라고 할 수 있을 것 같다. 추리소설적 에피소드의 빈번한 삽입은 모든 작품에 공통되고, 무공 습득 과정의 상세한 묘사는 《마검패검》, 《철혈도》, 《유성검》과 공통되며, 영웅대회라는 장치는 《마검패검》에 사용되었던 것이다. 또 진표라는 친구는 《철혈도》에서는 진등으로, 《유성검》에서는 임표로, 《탈명검》에서는 사마백혼으로 약간씩 다른 모습으로 나타났었다. 무엇보다도 약간씩의 편차에도 불구하고 고독, 허무, 우울, 집념, 현명 등을 특징으로 하는 주인공의 성격이 기본적으로 동일하다. 그러나 그 모든 연속성에도 불구하고 '무도의 완성'이 핵심적 모티프가 되고 있다는 점은 평범이 완전해짐으로써 비범이 된다는 발상과 더불어《태극문》의 독자적 성취로서 충분히 존중되어야 한다. 같은 낭만적 자아의 추구라고 해도 그 질이 다른 것이다. 이런 점에서《태극문》은 용대운 무협소설의 새로운 단계를 시사해 주는 작품이라고 할 수 있다.

그러나《태극문》이후에 씌어진《독보건곤》(1995)이 실제로 보여주는 것은 새로운 단계로의 진입이 아니라 초기작으로의 회귀이다(지나는 김에 지적하자면 같은 시기에 씌어진《강호무뢰한》의 해학은 용대운의 본령이 아니라고 생각된다). 몰살당한 노가살수문의 유일한 생존자이며 "누구의 간섭도 받지 않는 완벽한 자유인의 눈을 가진" 고독한 주인공 노독행, 무쌍류라는 고도의 실전무예 습득, 천상회와 포호산장이라는 거대 세력과의 싸움, 허무

용대운 장편무협소설《철혈도》,《독보건곤》

와 퇴폐에 빠진 동방립과의 교우, 모용추수와의 이루어지지 못하는 사랑, 가문의 원수이자 사부의 적수인 무림의 지배자 동방유아와의 대결, 최종적 승리 이후 북해로 귀환. 초기작들보다 훨씬 더 짜임새 있고 밀도 있는 서사가 이 작품의 상대적으로 높은 완성도를 말해 주지만 서사 단위에 대한 위의 간략한 요약에서 드러나듯 이 작품은 초기 작품 세계의 반복임이 확연하다(특히 《탈명검》과 유사하다).

《독보건곤》 이후 용대운은 소위 '편역' 작업(중국무협소설의 재번역)과 공저 작업(신인 작가와 이름 함께 걸기)*, 그리고 출판 사업 쪽에 치중하며 작가로서의 새로운 개척에 별로 의욕을 보이지 않고 있는 것 같다. 그가 한국무협소설의 역사에서 수행했던 역할을 생각하면 안타까운 일이라 하지 않을 수 없다. 첫 작품 《마검패검》에서부터 《태극문》에 이르기까지의 그의 행보는 거기서 한 걸음만 더 나아가면 바로 소위 '신무협'의 세계일 수 있었던 것이다. 가령 하위주체의 실존주의라고 요약될 수 있는 좌백과 용대운 사이의 거리는 실로 한 걸음 밖에 안 되는 거리가 아닌가. 그러나 그 한 걸음 사이에 있는 생활 세계, 삶의 세계라는 것을 무협소설이라는 장르문학 안에 융합시킨다는 것은 결코 간단한 일이 아닌 것이다. 2001년 이후 용대운은 신작 《군림천하》의 집필을 계속하고 있다. 2005년 12월 현재 16권까지 출판되고서도 그 끝이 보이지 않는 이 대하장편소설은 몰락

---

* 연보에서 신인작가와의 공저 작품은 제외하였음.

한 문파의 젊은 신임 장문인이 문파를 재건해가는 이야기를 보기 드물게 자세하고 정교하게 서술하고 있다. 이 작품에 대한 논의는 그 완결을 기다리는 편이 좋겠다.[*]

---

[*] 전형준, 《한국무협의 작가와 작품》(서울대학교출판부, 2007) 중에서 발췌.

신무협의 등장

이진원

한국과학기술원 학사, 서울대학교 음악대학 석사(음악학 전공), 중국 중앙음악학원(문학 박사)을 졸업했다. 중국 중앙음악학원, 한양대, 서울대, 추계예술대 강사를 역임했고 한 국고음반연구회 회원, 한국음악사학회 이사, 한국퉁소연구회 이사를 지냈으며 현재 한국 예술종합학교 전통예술원 부교수다. 저서로 《한국무협소설사》, 《대금산조 창시자 박종기 평전》, 《한국고대음악사의 재조명》, 《한국영화음악사연구》 등이 있고 논문으로 〈중국퉁 소음악문화연구〉를 비롯하여 다수의 논문이 있다.

신무협의 등장은 돌연한 것이 아니었다. 신무협은 분명, 신무협이라 불리는 무협소설이 등장하기 이전에 수많은 무협소설 작가들의 노력에 의해서 만들어진 것이다. 그러나 신무협은 기존 무협소설의 지지부진에서 벗어나고자 하는 몇 명의 무협소설 작가들에 의해서 시작된 것이 분명한 사실이다. 여러 무협소설 관련 문헌을 통해 살펴보면, 신무협은 용대운과 좌백에 의해서 시작된 것이라 해도 과언이 아닐 듯 싶다.

용대운이 발표한 여러 무협소설에 소개된 작가의 프로필을 참조해 보면, 용대운은 1961년 서울에서 태어나 1985년 서울시립대를 졸업한 무협소설 작가이다. 1988년 《마검패검》으로 무협소설계에 입문*했고, 이후 《철혈도》와 《유성검》, 《무영검》, 《탈명검》의 검 시리즈, 《권왕》, 《도왕》, 《검왕》의 왕 시리즈를 집필했다고 한다. 그러나 그의 첫 세 작품은 관례에 따라 야설록의 이름으로 출판했다.

그는 1990년 검왕 탈고 이후 4년간 무협계를 떠났는데, 1994년 3월 PC통신 하이텔의 무림동에 '태극문'을 연재하면서 집필을 재개했다. 이어서 《태극문》, 《강호무뢰한》, 《독보건곤》, 《유성검》을 연속해서 발표하며 당대 최고 무협소설 작가 반열에 오른다.

신무협은 서효원의 대자객교가 다시 서점용으로 발매되어 인기를 구가하게 되어 무협소설에 대한 관심이 다시 일어났을 때 기존 무협소설과는 색다른 무협소설로서 독자층을 이끌어낸 새로운 모습의 무협소설을 말한다고 할 수 있다. 육홍타는 그의 〈시장 측면에서 본 한국 무협 소설의 역사〉에서 신무협의 시작점을 다음과 같이 말하고 있다.

> 어디서부터를 신무협이라고 할 수 있을까. 흔히 용대운의 《태극문》(1994)이 신구무협의 중간에 있고 좌백의 《대도오》(1995)가 본격 신무협의 효시라고들 한다. 용대운은 구무협을 쓰다가 일단 무협소설계를 떠났던 작가인데, 무협의 재미를 못 잊어 하이텔의 무협소설동호회인 무림

---

* 용대운의 첫 출간작은 1986년 출간된 《낙성무제》. 연보 참조.

좌백 장편무협소설 《대도오》

동에 《태극문》을 연재하기 시작했다. 《태극문》이 독자들에게 큰 인기를 끌자 뒤에서는 이를 전 6권짜리 책으로 출간했는데, 판매에서도 대성공을 거두었다. 기존 무협소설과는 다른 재미를 주었기 때문이다.[*]

위 육홍타는 신무협의 시작을 좌백으로 보고 있지만, 전형준은 〈한국무협소설 명인열전 ③ 신무협 선구자 용대운 평범한 로맨티시스트들이 축조하는 비범의 미학〉[**]에서 용대운을 신무협의 선구자로 보고 있다. 관점의 차이가 있겠지만 용대운을 신무협의 시작으로 삼는 것은 매우 타당성이 있다. 바로 기존 무협소설에 새로움을 더한 첫 작가가 용대운이기 때문이다.

---

[*] 원주 : 육홍타, 〈시장 측면에서 본 한국 무협소설의 역사〉, 《무협소설이란 무엇인가》, 예림기획, 2011
[**] 원주 : 전형준, 〈한국무협소설 명인열전 ③ 신무협 선구자 용대운 평범한 로맨티시스트들이 축조하는 비범의 미학〉, 신동아 2004년 3월호

그렇다면 용대운의 《태극문》에서 찾아낼 수 있었던 새로움은 무엇인가. 《태극문》의 서문을 인용해 본다.

> 태극이란 곧 만물의 가장 완벽한 상태를 뜻하는 것이 아닌가? 누구라 해도 원하기만 하면 태극문의 제자가 될 수 있다 또 누구라 해도 원하기만 하면 태극문에서 탈퇴할 수가 있다. 하지만 한 번 탈퇴한 제자는 두 번 다시 태극문의 제자가 될 수 없다. 이것은 위지독고가 직접 정한 태극문의 삼법이었다. 태극문의 무공은 아니 위지독고의 무공은 단순히 두뇌가 뛰어나거나 재질이 탁월하다고 해서 익힐 수가 없는 것이었다. 그것은 오성과 체력, 인내, 끈기, 승부욕, 집념 그리고 냉정한 이성을 모두 갖춰야만 이룩될 수 있는 것이다. 태극문의 진정한 후계자는 천하제일고수가 되어야 한다. 천하제일고수가 되려면 비단 무공으로써 만인을 꺾어야할 뿐 아니라 큰 포용력과 백절불굴한 용기가 있어야 한다. 그것은 무수한 고통과 시련 속에서만 얻어지는 것이다.

위 인용에서 볼 수 있듯이 태극문은 무림의 한 문파이다. 그리고 용대운은 기존의 무협소설 작가들이 주요한 모티브로 사용하고 있는 복수의 코드를 버리지 않고 주요하게 사용하고 있으면서도, 완벽한 무도를 얻어내는 과정을 섬세히 묘사함으로서 기존 무협소설과 차별을 두고 있다고 할 수 있다. 전형준은 이를 "복수는 무도 완성의 동기"라고 표현하기도 한다. 용대운 스스로 말하는 《태극문》은 다음과 같다.

> 이 작품은 검 씨리즈나 왕 씨리즈와는 달리 사건보다는 인물중심으로 쓰여졌다. 특히 그중 몇몇 인물의 성격을 중점적으로 파헤치려고 노력했으며 전체적인 흐름도 무림패권보다는 복수나 무도를 위한 투쟁을 위주로 해서 지금까지의 여타작품과는 조금 궤를 달리 하고 있다. 무협도 어차피 인간을 다룬 소설인 만큼 인간이 그려지지 않고서는 성공할 수 없다는 것이 본 저자의 솔직한 생각이다. 이 《태극문》의 주인공은 본 저자의 다른 소설인 《마검패검》의 전옥심이나 《유성검》의 조무상, 《탈명검》의 임무정 등 여타 주인공들과는 조금 다른 특이한 성향을 지니고 있다. 뛰어난 재질보다는 강한 집념과 끈기의 소유자로 '노력하는 자만이 성공할 수 있다' 라는 평범한 진리를 몸소 실천하는 인물이다. 이 책을 모두 읽고 '조자건'이라는 한 인간을 조금이라도 좋아하게 되었다면 본 저자는 그것으로 만족하겠다. 본 저자는 앞으로도 꾸준히 정통적 무협만을 추구할 것이며 독자 여러분께 무협 본연의 재미를 주기 위해 노력할 것이다. 독자제현의 많은 성원을 바란다.[*]

---

[*] 원주 : 용대운, 《태극문》, 뫼, 1994, 서문

용대운은 정통적 무협을 추구하겠다는 의지를 표현했지만, 그의 무협은 신무협으로 분류된다. 그가 말했듯이 그의 무협소설은 인간정신을 기본으로 한다. 이 점이 《태극문》이 기존의 무협소설과는 다른 양상을 보여주는 핵심 요소라고 할 수 있다.

《태극문》은 무도의 궁극의 경지로 향하는 인간의 투쟁을 절묘하게 묘사함으로서 무협소설 독자들의 마음을 끌어안게 된다. 전형준은 이러한 투쟁의 과정이 '평범 속의 비범 성취'라는 것임을 강조한다.

용대운은 이후에도 계속 독자들을 사로잡는 무협소설을 발표하며, 신무협을 주도한다. 한국문화예술위원회 웹사이트에 소개된 〈신무협소설〉이란 글에서는 당시 신무협이 사이버스페이스의 힘을 빌려 탄생하였음을 상기시켜준다.

> 하이텔의 무림동과 같은 동호회는 1991년에 발족하여 무협소설에 국한되지 않고 무협영화, 소설, 비디오, 만화 전반에 대해 토론하여 무협문화를 활성화시키자는 취지로 만들어졌습니다. 천리안의 무림, 나우누리의 무림천하, 유니텔의 무림동호회에는 통신 특유의 게시판 문화가 형성되어 기존의 무협소설을 디지털 파일로 만들어 올려놓는 등 이전의 걸작들을 사이버스페이스에 전파시켜 그동안 독자들에게서 멀어진 작품들을 환기시켰습니다. 또한 1994년부터는 단편 공모전을 통해 아마추어 작가군을 발굴하기 시작했습니다. 동시에 기존에 활동하던

작가들이 게시판에 자신의 소설을 연재하기도 했지요. 용대운의 《태극문》은 바로 새로운 스타일의 한국 무협소설을 알리는 선성이 되었습니다. 1988년부터 작품 활동을 하던 용대운은 하이텔 무림동에 《태극문》을 연재하여 네티즌들의 열렬한 호응을 받았습니다. 이 작품은 1995년 오프라인에서 발표된 신세대 작가 좌백의 《대도오》와 함께 90년대 신무협이라는 새로운 특징을 일목요연하게 보여주었습니다. 용대운과 좌백의 무협소설은 80년대 무협소설에 대한 반성에서부터 출발했습니다. 이전 작품들의 평범한 복수담, 무림패권만을 다루는 이야기 골격은 그대로 가져다 쓰지만, 숨가쁘게 전개되는 연속적인 사건만을 그리기보다는 인물의 성격을 드러내는 데 힘을 쓰고 있습니다. 즉 세상을 살아가는 인간의 몸 자체에 관심을 갖고 천하제일이 되기를 바라는 등장인물들이 그 과정에 올라가고자 최선을 다하는 모습을 그림으로써 독특한 캐릭터의 주인공을 창조했습니다. * **

---

* 원주 : 〈신무협소설〉, http://www.kcaf.or.kr/basic/multi/ch05/ch05-d-01.html, 문화예술위원회 사이트
** 이진원, 《한국무협소설사》(채륜, 2008) 중에서 발췌.

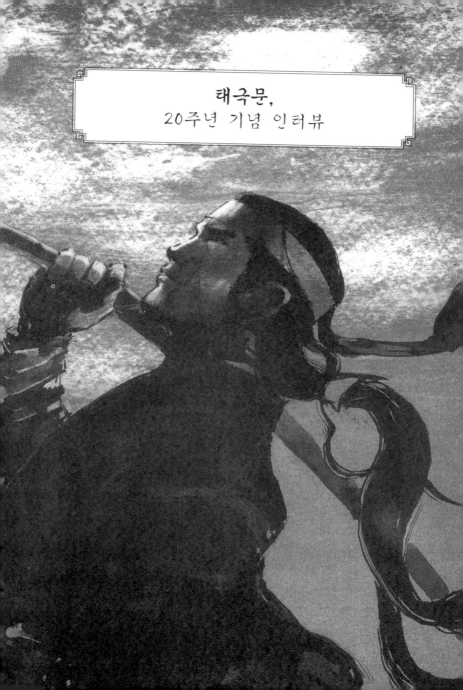

태극문,
20주년 기념 인터뷰

글쓰기는 상상도 못했던 사람

육홍타

전문 인터뷰어. 성균관대 한문학과 박사과정 수료. 한국일보와 일간스포츠에서 오랫동안 기자로 일했다. 다양한 장르의 대중문화와 전공인 귀족문학을 동시에 엿보고 있다.

1. 《태극문》 20주년을 맞이하는 소회는 어떠신가요?

《태극문》이 출간된 지 벌써 20년이 되었군요. 저도 까맣게 잊고 있다가 동료 작가인 좌백이 말해주는 바람에 비로소 생각이 났습니다. 그동안의 세월이 물처럼 흘러간 것 같아 마냥 기뻐할 수만은 없는 심정입니다. 나름대로 열심히 산다고 했는데, 별다른 성과도 없는 것 같고 작품 활동도 지지부진해서 덧없이 나이만 먹은 것 같습니다.

생각해 보면 그동안 국내 무협계의 상황은 상전벽해라는 말이 어울릴 정도로 너무나 많은 변화가 있었습니다. 《태극문》이 출간될 당시에는 국내에서 무협소설을 쓰는 사람은 제가 있던 뫼출판사의 습작생들 몇과 저뿐이었습니다. 지금은 작가들 수

interview with YONG DAE WOON

도 많이 늘었고 작품 환경도 엄청나게 달라졌지요.

무엇보다 오프라인 서적 출판뿐이었던 시장이 인터넷 이북 시장을 거쳐 현재는 스마트폰으로 보는 앱 소설과 인터넷 유료 연재가 대세가 되는 상황이 되었습니다. 무협의 저변이 넓어진 것은 정말 기쁘고 환영할 만한 일이지만, 쉽게 등단하고 쉽게 출판해서인지 작품의 질적인 수준과 작가의 역량이 그를 뒷받침하지 못하는 것 같아 마음 한편으로는 씁쓸한 기분도 듭니다. 그러한 조류에 선배작가로서 별 도움이 되지 못한 것 같아 무거운 책임감도 느끼고 있습니다.

2. 20살의 용대운은 장래 희망이 무엇이었나요?

건축 사무실에 들어가 내가 살 멋진 집을 직접 지으려 했습니다. 결과는? 대학 졸업 후에 딱 한달 설계사무실을 다녀보고 도저히 적성에 맞지 않아 포기했습니다. 급여도 너무 박했구요. 하지만 설마 글을 쓰게 되리라고는 상상도 못했습니다.

3. 강호 초출 용대운의 무협 입문기를 듣고 싶습니다.

무협소설은 고등학교 시절부터 많이 읽었는데, 대학교 1학년 때 우연히 대본소에서 무협소설을 읽다가 책 뒤에 '무협작가 모집'이라는 광고를 보게 되었습니다. 그때가 1979년이었는데, 당시에 금룡출판사에서 나온 무협소설들이 많은 인기를 끌었습니다. 사마달, 금강, 유랑, 홍련자 등의 작가들이 막 등장하여 무협계에 신선한 바람을 일으키던 시절이었습니다. 그 작가모집 문구에 홀린 사람처럼 전화를 했고, 신촌의 뒷골목에 있는 작가사무실을 찾아갔습니다. 한 달 정도 하다가 "너는 정말 글을 못 쓰는구나. 내 생각에 너는 작가란 직업과 안 맞는 것 같다."라는 습작 동료의 진지한 충고에 결국 사무실을 나오고 말았습니다.

대학을 마치고 설계사무실을 다니다가 일도 적성에 안 맞고 무엇보다 너무나 박봉이라 때려치우고 다시 습작사무실을 기웃거렸습니다. 그러다 청운하 씨와 해천인 씨가 실장으로 있던 사무실에서 6개월 정도 습작을 했는데, 당시의 동료가 "당신은 문장이 너무 형편없으니 정 글이 쓰고 싶으면 스토리작가로 나서는 게 좋을 것 같다"라고 한 말에 충격을 받아서 엉망인 문장실력을 키우기 위해 좋아하는 작가의 작품에서 좋은 문장을 옮겨 적는 연습을 시작 했습니다. 덕분에 문장은 조금씩 나아졌지만, 대신 오랫동안 특정작가의 아류라는 말을 들어야만 했습니다.

당시 사무실에서 습작으로 썼던 작품이 두 개가 있었는데, 첫 작품은 40만 원에 팔았고, 두 번째 작품은 28만 원을 받았습니다. 도저히 생활이 안 될 정도로 고료가 떨어져서 결국 사무실을 그만두고 나왔는데, 나중에 보니 40만 원을 받았던 작품은 《낙성무제》라는 제목에 중국인 작가의 작품(와룡생 저. 박광일 역)으로 출간이 되었더군요. 원고를 넘겨주고는 포기하고 있었는데, 어느날 대본소에 갔더니 주인이 '중국서 나온 건데 괜찮

강호 (江湖) 무림동도 (武林同道)에 告함 *! ! !*

다음과 같은 자격사유를 지닌 협객 (俠客)께선 필히 *도서출판 뫼* 편집부로 출두왕림 하실 것 *!*

하나, 우설풍한 (雨雪風寒)을 마다않고 춘하추동 사계 중 단 하루도 무공비급 (武功秘級)을 펼치지 않고는 도저히 견딜수 없는 자.

하나, 종로거리를 지나는 사람의 배에 일초 독사출동 (毒蛇出洞)을 찔러넣고 싶다는 충동을 한 번 이상 느낀 자.

하나, 흰 백지만 보면 그 위에 가장 먼저 낙서도 아니고 그림도 아니며 글도 아닌, 소림사 (少林寺) 무당파 (武當派) 운운 써대고 싶어지는 자.

하나, 달만 뜨면 그 위로 애인이나 어머니의 얼굴이 아니라 그 옛날 일세를 풍미하신 달마사조 (達磨師祖)나 장삼풍도조 (張三豊道祖)가 그리워지는 자.

위의 요건 중 두 가지 이상이 합당하다고 생각하는 협객제위께서는 즉시 검 한자루를 둘러메고 마필득득하여 저희 편집부로 왕림하시기 바람.

편집부 ☎ 325-3515
관리부 ☎ 324-3797

《마객》(야설록, 도서출판 뫼, 1995) 뒤에 실려 있던 무협작가 모집 공고

다'고 해서 읽어보니 그 작품이더라구요. 나중에 무림동 사람이 보내줘서 재간할 수 있었습니다.

28만 원짜리 작품은 아직도 제목을 모릅니다. 듣기로는 작품이 너무 엉망이라 절반 이상을 뜯어고치고 제목도 바꿔서 출간되었다고 하더군요. 형편없던 작품이라 별로 생각하고 싶지도 않았습니다.

4. 이제 《태극문》을 쓰시던 당시의 상황을 좀 더 자세히 들어보지요.

저는 1988년에 《마검패검》으로 처음 무협소설에 입문했습니다. 물론 그 몇년전에 《낙성무제》라는 작품을 쓴 적이 있지만, 제목도 출판사에서 임의로 정한 것이고 작가 이름도 중국 작가 이름을 붙여 출간을 해서 제 작품이라는 인식이 별로 들지 않았습니다. 물론 내용 자체도 너무 투박해서 습작 수준을 벗어나지 못했고요.

무협사무실을 나와서 더 이상은 무협소설을 쓰지 않을 결심으로 보험회사에 취직하기도 했지요. 1년쯤 다니다가 그곳을 퇴직하고, 1988년 봄에 한달간 집에 틀어박혀 뚝딱거리며 쓴 게 《마검패검》입니다. 당시에는 진로 문제로 상당히 많은 방황을 했었지요. 《마검패검》을 쓴 건 무협에 대한 미련 같은 걸 버리기 위한 제 나름의 마지막 몸부림이었습니다.

그런데 그 작품의 주위 평가가 너무 좋아서 미련을 끊기 위

"미련을 끊기 위한 몸부림이
본격적으로 무협을 쓰기 시작한 움직임으로 변하게 된 셈입니다."

한 그 몸부림이 본격적으로 무협을 쓰기 시작한 움직임으로 변하게 된 셈입니다.

원래 아버님이 무협 쓰는 것을 굉장히 반대하셨습니다. 아버님은 서울대 영문과 출신이시라, 순수문학이 아니라는 점에서 불만이셨지요. 무협소설 보는 것도 싫어하고 심지어 혐오하다시피 하셨습니다.

그런데 《마검패검》이 나온 걸 보여드렸더니 "이 정도 쓰면 한번 네가 하고 싶은 대로 해봐라." 하시면서 용대운이라는 필명까지 지어주셨습니다. 제 태몽이 황룡과 청룡이 싸우는 꿈이었다고 합니다. 아버님이 황룡을 때리고 청룡을 구했다고……. 용은 큰 구름을 만나야 한다는 뜻에서 지으신 건데, 중국에 가보니 건달이나 흑도무리가 주로 쓰는 이름이더군요. 하하.

《마검패검》은 야설록 이름으로 대망출판사에서 나왔습니다. "시장상황이 안 좋아서 신인작가 작품은 못 낸다. 작품이 좋으니 기성작가 이름으로 내면 최고대우를 해주겠다."면서 어느 작가 필명으로 나가면 좋겠느냐고 묻더군요. 좋아하는 작가이기도 하고, 스토리보다 인물 중심인 작품세계관이 저랑 일맥상통하는 부분이 있어서 야설록을 택했지요. 야설록 이름으로 나가면 최소한 욕은 안 먹겠다 싶었습니다.

이렇게 1988년부터 《마검패검》을 시작으로 본격적인 창작활동을 했는데, 시장이 갈수록 열악해져서 고료가 점점 하락했습니다. 당시 결혼으로 두 아이를 키우고 있던 저로서는 경제적인 어려움 때문에 부득이 무협소설계를 떠날 수밖에 없는 형편이었습니다. 결국 저는 1990년에 《검왕》을 마지막으로 창작활동을 중단했습니다. 사람이란 게 희망이 있어야 일을 하는데, 시장 비전은 안 보이고, 출판사는 한 작품만 남의 이름으로 하자더니 약속을 어기고……. 마치 그만두라고 떠다미는 것 같은 상황이었지요.

그렇게 글쓰기를 그만 두고 비디오 샵을 냈습니다. 그때 가게하면서 1년간 비디오를 천편 정도 봤어요. 워낙 영화 보는 걸 좋아했거든요. 장사는 잘하지 못했는데, 2~3년 하다가 1993년에 PC통신이 활성화되면서 우연히 하이텔의 '무림동호회'에 가입하게 되었습니다. 제가 게시판상으로 전직 무협작가이며 《마검패검》 등의 작품을 썼다고 하자 많은 회원님들이 축하를 보내고 여러 질문들을 해왔습니다. 그러던 중 제가 예전에 써놓은 원고가 한권쯤 있다고 하자 어느 회원님께서 그 작품을 '무림동'에 올리면 어떻겠느냐는 제안을 해왔습니다. 무협소설에 적지 않은 미련을 가지고 있던 저는 기꺼이 그 제안에 승낙을 했고, 《태극문》을 연재하기 시작했습니다.

그 반응은 솔직히 기대이상으로 뜨거웠고, 회당 조회수가 2~3만을 넘나들며 많은 호응을 얻었습니다. 나중에 천리안의 창립멤버였던 동창녀석의 말을 들어보니 당시에 천리안에서 그런 인기에 놀라 '용대운같은 작가를 포섭하자'라는 말까지 진지하게 거론되었다고 하더군요.

아무튼 그때 무협소설계의 선배작가이신 야설록씨께서 '무

"하이텔의 반응은 솔직히 기대이상으로 뜨거웠고, 회당 조회수가 2~3만을 넘나들며 많은 호응을 얻었습니다. 나중에 천리안의 창립멤버였던 동창녀석의 말을 들어보니 당시에 천리안에서 그런 인기에 놀라 '용대운같은 작가를 포섭하자'라는 말까지 진지하게 거론되었다고 하더군요."

"아무튼 그때 무협소설계의 선배작가이신 야설록씨께서 '무협출판을 전문으로 하는 출판사를 차릴 생각인데, 함께 하지 않겠느냐'고 제의해 오셔서 결국 그 분이 창립한 야설록프로에 들어가게 되었습니다. 거기서 《태극문》을 출간했지요. 그 이전에는 스스로 무협작가라는 개념이 확실히 잡혀지지 않았는데 《태극문》을 쓰면서 내가 작가란 생각이 들더군요."

협출판을 전문으로 하는 출판사를 차릴 생각인데, 함께 하지 않겠느냐'고 제의해 오셔서 결국 그 분이 창립한 야설록프로에 들어가게 되었습니다. 거기서 《태극문》을 출간했지요. 《태극문》 1부는 집필에 3개월이 걸렸는데, 2부는 6개월만에야 완성했습니다. 제4권이 다섯달 반 걸렸고, 5,6권은 보름만에 다 썼습니다. 그 이전에는 스스로 무협작가라는 개념이 확실히 잡혀지지 않았는데 《태극문》을 쓰면서 내가 작가란 생각이 들더군요.

당시의 무협시장은 대차명이 횡행하여 거의 몰락한 시기여서 거의 모든 작품들이 몇몇 특정작가들의 필명으로 만화방 한 구석에서만 조용히 읽히던 시절이었습니다. 그런 시기에 제대로 된 판형으로 정식으로 서점에서 판매되는 무협소설을 출판할 결심을 한 야설록씨의 결단은 정말 대단한 것이었다고 생각합니다. 운이 좋았는지 《태극문》은 당시의 무협소설로는 상상하기 힘든 성공을 거두어 무협출판의 새로운 시대를 열었고, 저 자신 또한 적지 않은 명성을 얻게 되었습니다.

되돌아보면 여러 가지 여건들이 절묘하게 맞아떨어진 일이 아니었나 생각합니다. 지내놓고 보면 인생이란 게 우스워요. 한 길을 선택해서 초지일관 밀고나가는 사람도 있겠지만, 저 같은 경우 예상외의 일로 흔들리기도 하고 전혀 다른 길로 나가기도 하고……. 그때 하이텔을 안했으면 무협작가가 되지 않았을 겁니다.

5. 《태극문》을 시작하면서, 이전과는 다른 작품을 써야겠다는 의식이 있었나요? 왜 '그렇게' 쓰기로 했는지 궁금합니다. 즉, 신무협 스타일의 작품을 쓰게 된 이유 같은 거요.

《검왕》 집필 이후 3년간 무협계를 떠났었는데, 다시 돌아오면서 제가 쓰고 싶은 걸 써야겠다는 생각을 제일 먼저 했습니다. 출판사의 간섭이라든지 기존 무협의 관행을 따르지 않고 순전히 제 마음 가는대로 쓰겠다는 욕구가 강했지요. 그러지 않고서는 굳이 3년 만에 다시 무협소설을 쓰는 의미가 없다고 생각했습니다.

또 출간보다는 하이텔의 무림동호회에 연재하여 독자들에게 처음으로 공개적인 심판을 받는다는 생각에 더욱 최선을 다하지 않을 수 없었습니다. 인터넷 연재는 독자들의 반응을 전혀 알 수 없었던 출판과는 아주 다른 형태의 방식이라 기대도 되었지만 그만큼 부담감도 적지 않았습니다.

그런 여러 가지 복합적인 요인이 결합하여 예전과는 상당히 다른 작품이 나올 수 있게 된 것 같습니다.

6. 《태극문》을 쓰고 난 후의 용대운에게는 어떤 변화가 있었는지요?

일단 개인적으로는 '계속 무협소설을 써야하나?'라는 의문에 대한 나름대로의 대답을 얻은 게 가장 큰 소득이었습니다. 만화방 한구석에서 은밀히 읽히던 무협소설이 정식으로 서점에 배포되었을 뿐 아니라 그 반응이 무척이나 뜨거워서 글을 계속 써야할 당위성이 생겼다고나 할까요?

출판사 자체에서도 약간은 회의적이었던 시각이 일소되면서 적극적으로 새로운 작가들을 모집하고 창작활동을 지원하게 되었습니다. 그런 분위기에 편승해서 결국 무협팀을 제가 맡게 되었고, 좌백을 비롯한 많은 좋은 작가들을 만날 수 있게 되었습니다.

무협소설에 대한 전반적인 불안심리와 패배의식을 벗어난 것이 《태극문》 이후의 가장 큰 변화라고 생각합니다.

7. 《태극문》을 효시로 시작된 90년대 신무협과 그 작가들에 대한 생각을 들려주세요. 신무협이라는 말은 특별한 정의가 없이 쓰이고 있는 실정인데요. 용대운님이 생각하는 신무협이란 어떤 것인가요?

사실 신무협이라는 용어는 조금 애매한 감이 있습니다. '구무협'에 대한 반발에서 '신무협'이라고 표현했는데, 세월이 흐르면서 그 당시의 무협이 '구무협'이 되고 새로운 조류가 그 자리를 대신한 것 같습니다. 시대가 달라짐에 따라 그에 대한 평가도 엇갈릴 수는 있겠지만, 저 자신은 언더그라운드에 머물러 있던 무협이라는 장르를 밖으로 끄집어낸 공로가 분명히 있다고 생각합니다.

신무협의 정의라면······. 저는 기존의 작품 경향과는 다른 새로운 조류로 쓰는 작품은 모두 신무협이라고 생각합니다.

그 새로운 조류란 그때그때 달라지겠지요. 《태극문》 출간 당시를 생각해 보면, 구태의연한 기연 일변도의 성장과 천편일률적인 스토리 전개, 너무나 획일화되고 정형화된 인물상과 갈등 구조, 그리고 의성어와 의태어의 무분별한 사용으로 인한 문장의 조악함 등이 그때까지의 작품 경향이라고 할 수 있습니다. 그러한 경향에서 벗어나 기연을 최대한 배제하고, 보다 사실적이고 독창적인 스토리를 펼치며, 살아 숨쉬는 듯한 생동감 있는 인물상을 그리는 것이 새로운 흐름이었다고 생각합니다.

지금의 시점에서 보면 당시의 신무협도 어느새 일정부분 구세대적인 작품이 되어 버렸고, 그래서 그걸 벗어나는 또 다른 흐름이 만들어지는 것이겠지요.

당시는 뫼출판사에서 만든 망원동 사무실이 작가들의 요람이었습니다. 망원동 사무실에 대해서는 아련한 향수와 뿌듯함,

2004년 동료작가들과 운남 여행 중 대리의 심탑사 앞에서

2005년 구채구 여행 중
동료작가인 운중행과 함께

그리고 아쉬운 마음을 함께 가지고 있습니다.

향수는 두 번 다시 그 시절로 돌아가거나 그런 사무실 시스템이 이루어질 수 없다는 것에 기인합니다. 뿌듯함은 어찌되었건 그 조그만 사무실에서 신무협이 태동했고, 국내 무협시장을 활성화하는데 중추적인 역할을 했다는 자부심의 일종이지요. 그리고 아쉬움은 그 역할을 완벽하게 해내지 못하고 중간에 그치고 만 좌절감에서 나온 것이겠지요.

당시 망원동 시절의 작가들은 대부분 지금까지도 친하게 지내고 있는데, 그들 개개인에 대한 평가는 예의가 아닌 것 같아 생략하는 게 좋을 것 같습니다. 다만 그들과 함께 하게 된 것을 늘 기쁘고 즐겁게 생각하고 있습니다. 또한 선배로서 그들에게 좀 더 좋은 비전을 제시해주지 못한 것에 대해 아쉽고 미안한 마음도 있습니다.

이번에 《태극문》 이십주년 기념으로 올해가 가기 전에 그들 중 연락할 수 있는 작가들은 모두 연락해서 자리를 함께 할 생

2008년 동료작가들과
하남성 여행 중 소림사 앞에서

각입니다. 삼십 주년, 사십 주년 때도 그렇게 될 수 있기를 바랍니다.

8. 《태극문》과 《대도오》 어느 것이 신무협의 첫 작품인가 하는 점에 대해서 일치된 의견이 나오지 않고 있는 상태입니다. 용 대운님은 신무협의 첫 작품이 어느 것이라고 생각하십니까?

솔직히 어느 작품부터 신무협인지를 구체적으로 지정한다는 것은 어렵다고 봅니다.

《태극문》이 분명 당시 이전의 작품들과 어느 정도 차별성이 있지만, 반면에 '유사성' 또한 가지고 있습니다. 그럼에도 많은 독자분들이 《태극문》을 신무협의 효시로 생각하시는 것은 구무협과 시기상으로 상당히 단절되었을 뿐 아니라 《태극문》 후에 출간된 많은 작품들이 《태극문》과 유사한 경향을 띠고 있음을 인정했기 때문이었습니다. 《태극문》이 당시의 무협소설로는 상당한 판매고를 올린 것도 무시할 수 없고 말입니다.

하지만 순수하게 작품적으로 말씀드리면 《태극문》보다는 그 뒤에 출간된 《대도오》가 제가 위에 말한 무협의 새로운 조류에 더 적합한 작품이라고 생각합니다.

《태극문》은 구무협과 신무협의 경계에 있는 작품 정도로 판단하는 게 옳을 것 같습니다. 그걸 '효시'라고 볼 수도 있겠지요.

9. 《태극문》의 주요 등장인물과 닮은 주변의 사람들이 있을까요? 또, 《태극문》의 인물 중 용대운님 본인이 닮고 싶은 인물이 있다면?

음…….닮은 사람을 꼽으라면 솔직히 그다지 많지 않고, 작중인물들과 제발 닮았으면 하는 사람들은 제법 있습니다(웃음).

먼저 닮은 사람들을 꼽자면, 듬직한 번우량은 좌백이 닮은 것 같고, 성격이 모나지만 묵묵히 할 일은 해치우는 위지흔은 장경과 닮은 것 같습니다. 쓸데없이 일만 잘벌이는 평지풍파객 사마결은 운중행과 닮은 것 같고, 날카롭고 예리한 사공척은 누구보다 예리한 필치와 턱을 가진 이재일이 닮은 것 같습니다.

제발 닮아주었으면 하는 사람들은 많습니다(좋은 경우가 아니므로 작가 이름은 생략하겠습니다).

아무 생각없이 사는 듯한 석○ 작가는 총명한 모용수를 닮았으면 좋겠고, 뺀질뺀질한 하성○ 작가는 과묵한 조립산을 닮았으면 합니다. 노는 것 빼고는 다 잘하는 냉죽○ 작가는 방탕

한 탕아에서 효자로 컴백한 파금왕의 아들 정각을 닮았으면 하고, 조용한듯하면서도 뒤로 할 짓은 다 하는 정진○ 작가는 자신이 하고자하는 일을 끝까지 이루어낸 철벽무적 악교를 닮았으면 합니다. 사무실 최고 연장자인 몽강○ 작가는 심기가 깊은 궁소천을 닮았으면 하고, 수다스럽고 여자에게 인기 좋은 한수○ 작가는 과묵하면서도 여자와는 담쌓고 사는 주인공의 절친 진표를 본받을 필요가 있다고 봅니다.

그리고 작중 최고의 미인인 섭보옥은 망원동 사무실의 홍일점이었던 진○ 작가가 닮았으면 하지만, 진○ 작가 본인은 아마도 팜므파탈의 전형인 궁아영을 닮기를 더 원할지도 모르겠군요.

저는 항상 제가 되고 싶은 사람을 주인공으로 삼고 있습니다. 약간은 유약하고 끈기도 부족한 저로서는 강인하면서도 남

섭보옥

궁아영

성답고 끈기있는 인물을 늘 마음속으로 그리고 있지요. 《태극문》의 주인공인 조자건도 그런 사람입니다. 저로서는 조자건의 반의반만이라도 닮았으면 하는 바람을 가지고 있습니다.

또 한 사람을 꼽자면 조자건의 형인 조립산입니다. 믿고 의지가 되는 사람이 되고 싶습니다. 동료나 후배작가들에게도 그런 사람이 되고 싶었는데, 전혀 그렇지 못해 늘 그 친구들에게 미안한 마음입니다.

10. 무협의 가장 큰 매력은 뭐라고 생각하시나요? 무협을 쓰는 이유를 '왜' 무협을 쓰는가? 왜 '무협'을 쓰는가? 두 가지로 나눠서 말해본다면?

좌백이 처녀작인 《대도오》의 서문에서 말했습니다. "주위를 둘러보니 더 이상 읽을 무협이 없었다. 그래서 나도 무협을 써보자고 생각했다." 아마도 대다수 작가들의 심정이나 상황도 이와 다를 바가 없었을 것입니다.

무협소설을 좋아하고 탐독하던 애독자로서 읽을 만한 무협이 거의 없어지자 마음속으로 조금씩 구상했던 생각들을 제대로 풀어보고자 하는 욕구가 생길 수밖에 없었지요. 단순히 읽기만 하던 것에서 벗어나 스스로 구상하고 꿈꿔왔던 세상을 스스로의 힘으로 만들어 보는 것은 말로 표현할 수 없는 매력이 있습니다. '나라면 이렇게 썼을 텐데……', '이런 주인공이 있다면 얼마나 멋있을까?', '다른 작품들은 늘 이런 식의 전개가 되는데, 좀 더 신선하고 내 입맛에 맞는 내용전개는 없을까?'라는 마음속의 크고 작은 욕구들을 자기 손으로 하나씩 해결해가는 재미는 정말 각별합니다.

특히 중국 번역무협이나 1세대 창작무협에서 느꼈던 어떤 아쉬움과 답답함을 해결하기 위해서는 직접 현장으로 뛰어드는 수밖에 없었지요.

그렇다면 하고 많은 장르 중에서 하필이면 왜 '무협소설'을 쓰게 되었는가? 그 점에 대해서는 무협소설이 다른 어떤 장르보다 더 재미있고 매력적이었기 때문이라고 말씀드리고 싶습니다. 저는 소싯적에 추리소설과 SF를 무척이나 좋아했습니다. 당시에 국내에 출간되었던 대부분의 추리소설과 SF를 섭렵했습니다. 그러다 우연히 무협소설을 접하게 되었지요. 추리소설이나 SF도 물론 좋았지만, 생각의 무한대를 경험할 수 있고 짜릿한 말초적 욕구까지 해결해주는 무협소설은 그야말로 신세계나 다를 바가 없었습니다. 특히 한 권이나 두 권에서 끝나는 추리물과는 달리 무협은 장편 서사적인 면이 있다는 것도 더욱 마음에 들었습니다. 그만큼 활동할 수 있고 상상할 수 있는 세계관이 넓어졌다는 뜻이니까요.

특히 내가 할 수 없고 해보지 못한 일들을 주인공을 통해 마음껏 해볼 수 있다는 것이 정말 매력적이었습니다. 함부로 폭력을 행사할 수 없는 현대와는 달리 자신의 육체적 능력을 마음껏 발휘하는 원초적인 면도 있고, 일부일처가 아닌 수많은 미녀들과 사랑을 할 수 있다는 것도 아주 흡족했습니다.

무엇보다 추리물이나 SF와는 달리 동양적인 세계관과 사고 방식, 그리고 우리의 주변에 있지만 지금은 가볼 수 없는 고대의 중국이라는 시간적 배경과 좁은 한반도에서 생활할 수밖에 없는 우리와는 달리 드넓은 중원과 변황, 광활한 초원을 무대로 마음껏 움직이고 활동하는 공간적 배경이 너무나 좋았습니다.

간략하게 다시 한 번 말씀드리겠습니다. 왜 '무협'을 쓰게 되었냐고요? 무협소설이야말로 인간의 내면에 있는 원초적인 욕망을 가장 잘 표현할 수 있는 세계이기 때문입니다. '왜' 무협을 쓰게 되었냐고요? 그 욕망을 제 마음에 들게 표현하고 싶었기 때문입니다.

무협의 가장 큰 매력은 위에 언급했던 "왜 '무협'을 쓰느냐"에 답이 있다고 봅니다. '가상의 고대 중국'이라는, 기계문명을 철저히 배제한 특정한 시대에 '구주팔황과 사해오호를 아우르는 강호'라는 거대한 공간을 무대로 현대의 법과 인식에 구애받지 않고 마음껏 자신의 역량을 펼칠 수 있다는 무한한 자유성, 그로 인해 맛볼 수 있는 극한의 대리만족이 가장 큰 매력이라고 생각합니다.

자기가 마음먹기에 따라서 얼마든지 성장할 수 있고, 많은 걸 누릴 수 있으며, 환상적인 무대를 연출할 수 있는 거지요. 가보지도 못하고 지금은 갈수도 없지만, 반면에 충분히 상상할 수 있고 예측도 가능한 세계라는 것이 더욱 그러한 점을 강하게 한다고 봅니다.

1999년 군림천하 처음 집필 당시

용대운 장편무협소설 《군림천하》 1권

II. 용대운만의 고유한 작법이 있다면?

　저의 소설작법은 별다른 게 없습니다. 제가 전문적으로 문학을 배웠던 사람도 아니고 오히려 건축과 출신이라 무협을 쓰기 전에는 전혀 글을 쓰지 않았었습니다. 그래서 처음에는 여러 가지 시행착오도 많이 했지요.

　습작 시절 몇 번의 방황 끝에 제가 생각한 방법은 제가 좋아하는 작가의, 마음에 드는 문장을 흉내내보자는 것이었습니다. 레이몬드 챈들러, 더쉴 해미트 같은 하드보일드 작가들의 문장을 여러 번 옮겨 적어보고, 고룡의 문장도 몇 번이나 흉내 냈습니다. 몇 년 이런 생활을 하다 보니 조금씩 저만의 문장이 만들어지더군요. 대신에 그 때문에 그들의 아류라는 말을 많이 들었습니다. 《태극문》을 쓰면서부터 그들의 영향을 벗어나기 위해 조금씩 노력했고, 《독보건곤》을 쓰면서 그들의 냄새를 많이 지웠습니다. 《군림천하》에서는 이제 그들의 영향을 상당부분 벗어났다고 스스로도 말할 수 있겠군요.

　스토리는 머릿속에 떠오르는 짧은 단상들을 조금씩 키워가는 식으로 구상을 합니다. 그리고 그 구상에 어울리는 주인공을 만들기 위해 노력합니다. 일전에 다른 인터뷰에서도 밝혔지만 저는 무협소설에서 가장 중요한 것은 캐릭터라고 생각합니다. 사실 '가상의 고대 중국'이라는 시대적 배경과 '중원을 비롯한 천하'라는 공간적 배경은 무한히 넓은 것 같지만 수십 년간 수많은 무협소설이 등장하면서 그 안에서 나올 만한 이야기는 모두 나온 상태입니다. 아무리 독창적이고 재미있는 스토리라도 기존에 나왔던 소설의 변주를 벗어나기 힘들다는 말이지요.

무협 독자들이 재미있을 만한 이야기는 무협 작가들이 이미 대부분 끄집어냈습니다. 누군가가 아직 한 번도 나오지 않았던 정말 참신한 이야기를 만들어낼 수도 있겠지요. 하지만 그것도 한두 번입니다. 자신이 쓰는 모든 이야기들을 그런 식의 전인미답의 이야기로 점철할 수는 없습니다. 결국 무협소설의 스토리란 누군가가 끄집어내었던 것을 자신만의 색깔로 새롭게 포장해서 내놓는 것이 가장 일반적인 형태입니다.

그런 상황에서 다른 사람의 이야기와 차별을 주고 자기만의 형식을 만들어가는 것은 그 이야기를 끌어나가는 사람들의 캐릭터라고 생각합니다. 그래서 저는 기본 스토리를 짜면 그 스토리에 가장 어울릴 만한 인물을 만들기 위해 많은 노력을 합니다.

기본을 중시하는 《태극문》 같은 경우에는 진중하고 약간은 고지식한 조자건이라는 인물을, 처절한 복수극과 실전무예를 표방하는 《독보건곤》 같은 경우에는 살기 짙고 냉혹한 노독행을, 그리고 무너진 문파를 일으켜 세우는 《군림천하》에는 인내심 많고 생각이 깊은 진산월을 주인공으로 만들어냈습니다.

스토리와 캐릭터가 갖추어진 다음에는 그 캐릭터를 가장 잘 표현할 수 있는 방법을 찾아서 글을 시작합니다. 그래서 《태극문》의 시작은 친구를 위해 결투에 나서는 조자건의 모습을, 《독보건곤》에서는 아버지의 생일선물을 위해 맹수를 사냥하는 노독행의 모습을, 《군림천하》에서는 장례식을 끝내고 사제들을 위로해주기 위해 잔치를 벌이는 진산월을 각각 작품의 시작으로 집어넣은 겁니다. 그렇게 이야기를 일단 시작하게 되면 그 다음부터는 짜여진 스토리에 따라 각각의 캐릭터들이 알아서 움직입니다.

간혹 캐릭터와 스토리가 상충하는 경우가 있는데, 그럴 경우에는 예외 없이 스토리를 고칩니다. 한번이라도 캐릭터를 수정하거나 바꾸게 되면 그 캐릭터를 다시 원래대로 되돌리기란 거의 불가능하기 때문입니다.

그렇게 작품 내용이 굴러가면 어느새 한 편의 이야기가 완성됩니다. 간혹 너무 높은 턱을 만나거나 깊은 수렁에 빠지면 오랫동안 헤매기도 하지만 말이지요. 하하하.

12. 작가로서의 소명의식에 대하여 말씀해주세요.

제가 작가로서 처음 제대로 된 소명의식을 느낀 것은 《태극문》을 쓰면서였습니다. 그전에 《마검패검》부터 '왕' 시리즈(《도왕》《권왕》《검왕》)까지는 솔직히 제가 작가라는 생각을 거의 하지 않았습니다. 주위의 시선이나 상황도 그렇고, 무협소설은 결국 잠깐 쓰고 마는 것이지 이걸로 평생을 먹고 살지는 못할 것이라고 생각했습니다.

그런데 '왕' 시리즈 이후 3년의 공백기간을 가졌다가 다시 돌아와 《태극문》을 쓰면서 저 자신의 그러한 사고방식이 많이 바꿰었습니다. 정말 제대로 된 소설을 써보고 싶다는 생각과, 무너진 무협계를 내가 일으켜 보겠다는 작은 욕심이 머리를 들었던 거죠. 그런 생각이 본격적으로 드러난 것은 《태극문》 2부에서부터였습니다. 그냥 별 생각 없이 썼던 문장도 내 나름의 맛을 내기 위해 좀 더 신경을 썼고, 표현방식도 저만의 색깔을 내기 위해 노력을 했습니다. 독자들은 별 차이를 느끼지 못할지 모르지만, 예전 작품들과 어딘지 모르게 비슷했던 《태극문》 1부에 비해 《태극문》 2부에서는 여러 가지 저만의 독특한 표현기법이나 구성전개가 등장을 합니다. 그러한 의식 하에 이후에 집필한 《강호무뢰한》과 《독보건곤》에서는 더욱 그러한 색채가 강하게 일어나지요.

소명의식이란 게 특별히 대단하거나 거창한 것은 아닙니다. 다만 지금까지 중국무협을 흉내 내거나 제가 좋아했고 재미있게 읽었던 기존 작품들의 변주에 불과했던 무협소설을 좀 더 개성적이고 독창적으로 써보자고 마음먹은 겁니다. 특히 '중국 색채'에 더 이상 연연하지 않기로 결정한 것이 컸습니다. 무협소설이 비록 중국에서 시작되었지만, 한국인이 쓰고 한국인이 읽는다면 굳이 중국적인 사고방식대로 이야기가 전개될 필요가 없다고 생각한 거지요. 무대는 비록 '고대의 중국'이고 등장하는 사람도 '고대의 중국인'들이지만, 그들의 행동양식과 대화, 생각은 철저히 '현대의 한국'적입니다. 결국 우리가 쓰는 무협의 무대란 '가상'의 중국이고 등장인물들 또한 '가상'의 중국인이니, '현실'의 중국과 '현실'의 중국인과는 다를 수밖에 없습니다. 오히려 등장인물들의 행동양식과 생각은 '현대'의 한국인들과 아주 유사하거나 상당부분 똑같지요.

당시 국내무협의 시장상황이 너무 안 좋아서 이를 부흥시켜야 할 책임감과 목표의식도 분명히 있었습니다. 《태극문》 출간 이후 제가 뫼출판사의 무협팀장을 맡게 되었는데, 제 밑으로 많은 습작생들이 모여들자 그들을 위해서라도 무언가를 해야겠다는 생각이 더욱 절실해졌습니다. 저만의 색깔을 가진 무협을 쓰되, 그것으로 무너진 무협시장을 다시 일으켜 세워보자는 지극히 개인적인 욕심과 어쩔 수 없는 주변 상황이 그러한 소명의식의 주체가 된 겁니다.

저는 1세대 작가들의 제일 막내격이고, 2세대 작가들의 가장 선배격입니다. 그러한 저의 입지가 무거운 책임감이 되어 오랫동안 저를 힘들게 했습니다. 1세대와 2세대가 완전히 단절된 상태에서 그러한 소명의식마저 없었다면 아마 견뎌내지 못했을지도 모르겠습니다. 그래서 저를 믿고 따라준 뫼 시절의 동료작가들에게 지금도 많은 고마움을 느끼고 있습니다.

13. 용팀장님 휘하에서 작업을 했던 여러 작가들이 용대운님의 격려로 작가가 될 수 있었다고 이야기합니다. 뛰어난 스승이신데요. 글 못 쓴다는 소리를 듣고 힘들어했던 경험 때문인가요?

그게 커요. 작가사무실이라고 해서 처음 들어갔는데 글에 대해선 아무도 안 알려주는 거예요. 알아서 쓰면 읽어보고는 '잘못됐으니 다시 써……' 하는 걸로 끝이었습니다. 그렇게 글 못 써서 고민 많이 하고, 몇 개월씩 습작생활 오래하다 보니 뇌의 습작하는 친구들을 보면서 내가 겪었던 시행착오를 가급적 줄여주고 싶었습니다.

당시 뇌에 제 눈으로 보기엔 재능 있는 친구들이 많았거든요. 조금만 도와주면 작가가 되겠다 싶어서 그 친구들 습작을 도와주게 된 거지요. 제가 개나 소나 칭찬했다고 하는데 사실은 나보다 나은, 칭찬할만한 재능을 가진 친구들이라 칭찬한 겁니다.

신인은 습작이라는 과도기가 반드시 필요해요. 장점은 살리고 단점은 보완하는, 글 쓰는 연습을 해야 합니다. 군대에서도 훈련소 기간이 필요하잖아요. 지금은 훈련 안 받은 신병이 총 들고 전쟁터 나가는 상황인 것 같아서 우려가 되기도 합니다.

14. 중국무협과 한국의 창작무협을 비교한다면?

초창기 번역시절엔 무협장르 자체가 좋고 신기해서 사람들이 읽었는데, 창작무협 시기엔 그 안에서 벌어지는 얘기가 재밌어서 읽는 것 같습니다. 재미가 있는 이유는 작가가 한국인이니까 벌어지는 사건이나 그 안에서 활동하는 사람들의 사고방식이 한국적이라 한국인 입맛에 잘 맞기 때문인 듯합니다.

무협에서 보면 중국의 의와 한국의 의는 다릅니다. 중국은

대의, 의리, 협객 이런 식입니다. 땅덩어리가 넓어서 고향만 벗어나면 생판 모르는 타인이다보니, 타인을 위해 바치는 의리를 다루게 되는 거지요. 의협열전에도 '지나가던 협객이…….' 하는 식의 얘기가 많습니다.

반면에 우리나라는 좁아서 한다리 두다리 건너면 다 아는 사이잖아요. 잘 아는 누군가를 위해 희생하는 이야기가 됩니다. 그래서 중국무협은 무림의 평화를 위해 싸우는 '의협' 이야기가 많고, 한국무협은 친한 사람들끼리 뭉친 '의리'가 중심이 되는, 복수를 위해 싸우는 것이 많은 것 같습니다.

15. 무술을 실제로 배워본 적은 있으신지요?

초등학교때 태권도를 배운 것외에는 전혀 없습니다. 전형적인 몸치인지라, 그저 머릿속으로만 고수입니다.

16. 독서 외에 즐기는 취미 생활이 있다면?

음악감상을 좋아합니다. 실제로 오디오쪽으로는 오래전부터 취미를 가지고 있어서 제법 여러 종의 기기들을 섭렵하기도 했고, 한때는 그쪽으로 적지 않은 투자도 했었습니다. 지금은 돌고 돌아서 단출한 시스템으로 듣고 있습니다. 즐겨 듣는 장르는 재즈와 여성 보컬, 피아노 연주입니다. 요즘 들어서는 나이를 먹어서인지 가요도 좋아지더군요.

17. 이번엔 좀 특이한 질문입니다. 용대운에게 '뱅어같은 손'이란 무엇일까요? 이 질문은 페이스북에서 한 독자분이 해주셨는데요, 아마도 《태극문》의 히로인 섭보옥의 손이 종종 뱅어 같은 손이라고 묘사되는 것 때문인 듯합니다. 이건 용대운님의 여자의 손에 대한 페티쉬에서 기인한 것일 수도 있으니 그 부분을 소상히 말씀해주시고 더불어 여성관도 피력해주세요.

사실 뱅어는 멸치처럼 작은 생선이라 실제로 보면 그다지 매끄럽거나 아름답지 않습니다. 하지만 왠지 제게는 약간 물기 젖은 촉촉하면서도 부드러운 여성의 손이 연상되더군요. 제가 '뱅어같은 손'이라는 표현을 쓸 때 제 머리속에는 항상 '촉촉하게 습기를 머금은 붉은 빛이 살짝 감도는 하얀 손'이라는 이미지가 그려집니다.

제 여성관은 조용하면서도 차분한 누님같은 여자입니다. 이해심 많고 무엇보다 비슷한 취미를 가져서 대화가 통하는 상대였으면 더욱 좋겠습니다. 제가 금전 감각이 무딘 편이라 생활력도 좀 강했으면 좋겠구요. 너무 거창한가요? (웃음)

미적으로는 몸매가 예쁜 여자를 좋아합니다. 옷 사줄 때 보람이 느껴지도록 말입니다. 제 동료작가들은 제가 가슴 큰 여자만 좋아한다고 하는데, 사실 가슴이 어느 정도 크면 살집이 조금 있어도 몸매가 그리 나쁘지 않기 때문에 그렇게 오해할만한 소지가 있습니다. 여성의 목소리에서도 매력을 느낄 때가 있는데, 조곤조곤하면서도 낮게 가라앉은 음성을 좋아합니다.

손 페티쉬는 특별히 없다고 생각합니다. 다만 여성의 손을 만지는 것을 무척 좋아하긴 합니다. 말랑말랑하면서도 촉촉한 손이면 더욱 좋지요. 총각시절에는 데이트 할때 늘 여자의 손을 만지면서 다녔습니다. 불현듯 그 시절이 그리워지는군요.

18. 자 그럼 이번에는 무협에서 빼놓을 수 없는 질문! 《태극문》의 주인공 조자건과 2014년 현재 악전고투중이신 최신작 《군림천하》의 주인공 진산월이 싸우면 누가 이길까요?

2014년 9월30일 현재 시점으로 말씀드리자면, 조자건이 이깁니다.

왜냐하면 조자건은 이미 완성형이고, 진산월은 완성을 위해 나가는 상태이기 때문입니다.

더 이상의 자세한 설명은 생략하겠습니다.

19. 《태극문》의 조자건은 10년여의 수련을 했는데요. 20년 이상을 한 장르를 써오신 느낌은 어떻습니까? 무협, 혹은 글쓰기의 오의라고 생각되는 지점이 있는지요?

저는 늘 장르소설의 가장 큰 미덕은 '대리만족'이라고 주장해 왔습니다. 여러 가지 미사여구를 늘어놓을 수도 있지만, 장르소설에서 '대리만족'을 빼면 앙꼬없는 찐빵과 전혀 다를 바가

"단순히 취미가 아닌, 진정으로 작가가 되고 싶다면
자신의 작품에 대해 보다 진지하게 고민하고
문장 하나하나에 좀 더 신경을 쓸 필요가 있다고 봅니다."

없다고 생각합니다.

신인들의 원고를 보면서 이런 저런 단점을 지적하기도 하지만, 근본적으로 재미있는 작품이면 많은 단점에도 불구하고 장르소설로서의 충분한 가치가 있다고 봅니다.

예전의 무협소설에서도 그렇고 지금의 퓨전이나 현대물에서도 신인들의 원고는 늘 서투르고 투박하면서도 호기심을 자극하는 매력이 있습니다. 그래서 지금도 문피아나 조아라의 연재물들을 즐겨 읽고는 합니다.

다만 아쉬운 건 글에 치열함이 담겨 있지 않으면 글 자체의 생명력이 급속도로 사라진다는 걸 너무 모른다는 겁니다. 쉽게 글을 쓰고 쉽게 책을 내서인지 최근 작가들의 글에는 예전과 같은 치열함이 보이지 않습니다.

즉흥적으로 떠오른 생각을 별다른 고민없이 늘어놓는 경우가 많아서, 그런 소설을 읽을 때마다 진한 아쉬움을 느낍니다. '이런 좋은 스토리를 가지고 왜 이렇게 밖에 못쓸까?'하고 말이지요.

신인다운 패기가 부족한 것일수도 있고, 장르 자체를 조금 우습게 여긴 것일 수도 있습니다. 그리고 인터넷 연재물의 특성상 짧은 시간에 많은 분량을 올려야 하기에 집중도가 떨어진 것일수도 있고요.

원인이야 어찌되었건 그 결과에 대한 책임은 작가 자신에게 돌아옵니다. 처음에 반짝 인기를 얻던 작품이 뒤로 갈수록 급속히 인기를 잃고 시들어 가거나, 제법 괜찮았던 작품이 졸작이라는 지탄속에 마무리되는 경우를 종종 봅니다. 이런 일이 발생하면 작가로서의 생명력은 거의 사라지게 됩니다.

단순히 취미가 아닌, 진정으로 작가가 되고 싶다면 자신의 작품에 대해 보다 진지하게 고민하고 문장 하나하나에 좀 더 신경을 쓸 필요가 있다고 봅니다. 오탈자나 맞춤법 수정은 너무도 당연한 것이고요.

또한 좋은 착상 하나가 떠올랐다고 무작정 써내려 갈 것이 아니라 그 착상을 보다 풍성하게 할 요소들을 좀 더 고민해서 제대로 된 작품으로 만들 노력을 해야 합니다. 단순한 스토리의 나열로는 결코 좋은 작품이 될 수 없습니다.

작가의 수명은 여타 직업과는 비교도 할 수 없을 만큼 깁니다. 치매에 걸리지 않는 한 죽을 때까지 쓸 수 있습니다. 초기에 습관만 잘 들여놓으면 자기가 좋아하는 장르소설을 무한정 쓸 수 있다는 말입니다. 그로 인한 물질적 소득과 팬들의 갈채는 부수적인 것입니다. 자기가 좋아하는 분야를 위해서 자신의 모든 노력을 쏟아 붓는 것은 너무도 당연한 일 아니겠습니까?

장르를 별로 좋아하지 않는데, 단순히 돈벌기 위해 쓴다고요? 그런 분들에게는 달리 드릴 말씀이 없습니다.

다만 저는 글을 쓰는 행위 자체만으로도 그 사람은 무척이나 글을 쓰는 걸 좋아하고, 그 분야를 사랑한다고 믿습니다. 왜냐하면 글을 쓰고 그걸 남에게 보이는 것이 결코 쉬운 일이 아니기 때문입니다.

단지 현실의 여러 가지 문제와 경제적인 어려움이 순수한

"그 모든 결과물이 순전히 자신의 노력 여하만으로 결정된다는 것은 정말 행운이라고 생각합니다.
예전의 협소하고 열악한 장르시장에서 글을 쓰던 선배작가들을 떠올려보면 더 말할 나위도 없겠지요."

글쓰기에 제약이 될 뿐입니다. 그것은 본인의 노력으로 극복하
는 수밖에는 없습니다.

현재의 장르시장은 대여점 체제에서 벗어나 이북과 인터넷
연재라는 새로운 시장으로 나아가고 있습니다.

자신의 노력 여하에 따라 얼마든지 경제적인 성공을 거둘
수도 있고 독자들의 성원을 받을 수도 있습니다. 물론 그만큼
따가운 질책과 수모도 당할 수 있겠지요.

그 모든 결과물이 순전히 자신의 노력 여하만으로 결정된다
는 것은 정말 행운이라고 생각합니다. 예전의 협소하고 열악한

장르시장에서 글을 쓰던 선배작가들을 떠올려보면 더 말할 나
위도 없겠지요.

그 점을 분명히 인식하시고 좀 더 자신의 일에 애정을 가지
고 힘을 쏟아주실 것을 부탁드리겠습니다.

20. 30주년이 되는 날, 즉 앞으로 10년 후의 용대운은 무엇을 하고 있을까요?

아마도 계속 글을 쓰고 있지 않을까요? 다만 그 작품이 《군
림천하》가 아니기만을 간절히 바라고 있을 뿐입니다.

이상으로 《태극문》 20주년을 기념하는 스무가지 질문에 대
한 답을 용대운님께 들어보았습니다. 앞으로 30주년, 40주년
이 될 때까지도 건필하시기를 기원합니다.

태극비전

태극문 헌정 단편소설

태극비전

용대운님의 《태극문》 20주년을 기념하여, 진산 배상.

무협 · 로맨스 · 판타지 작가. 무협단편 《청산녹수》로 장르문학계에 입문해 《홍엽만리》,
《대사형》 등의 무협 다수와 《셰익스피어 시리즈》, 《가스라기》 등의 로맨스, 판타지 및
《마님되는 법》 등을 썼다.

그 책을 원하오.

줄 수야 있소만 당신은 그걸 익히기엔 너무 나이가 들었소.

내가 익힐 것이 아니오. 그 책을 원하오.

줄 수야 있소만 그건 책으로 익힐 수 있는 무공이 아니오.

익힐 수 없다면 왜 그걸 책으로 남겼겠소?

…….

그 책을 원하오.

한숨을 내쉬고, 노인은 고개를 끄덕였다.

한 아이가 태어났다. 그는 무림최강이라 불리는 가문의 독자였고 조부는 누구나 인정하는 최고의 고수였다. 그에 버금갈 고수는 아이의 아버지뿐이었다. 당연하게도 아이는 그 다음 대의 천하제일인이 될 것이라고 누구나 예상했다.

아이의 돌잔치에는 강호의 유명인들이 흑도 백도를 불문하고 모두 모여 축하해주었다. 돌잡이로 올라온 물건들도 범상한 것이 하나 없었다. 실은 천잠사였고 붓은 천년호의 꼬리로 만든 명품이었다. 하지만 고사리 손이 붙잡은 물건은 한 권의 낡은 책이었다.

그것을 본 아이의 조부가 크게 웃음을 터뜨렸다. 낡은 책은 바로 조부가 구해온 것이었기 때문이다. 조부는 몹시 흡족해하며 뭇 사람들 앞에서 호언장담했다.

이 아이가 우리의 오랜 숙원을 풀어줄 운명이로구나.

잔치에 참석한 손님들은 모두 어리둥절했지만, 구석자리에 앉은 한 노인만은 모든 것을 아는 듯 씁쓸한 표정을 짓고 있었다. 강호의 유명인들 틈에서 누구의 주목도 받지 못하던 그 노인은 몇 잔의 술을 더 마신 뒤 아무도 눈치 채지 못하는 사이에 잔치 집을 떠났다.

손자를 통해 자신의 꿈을 이루려는 것이구나.

과연 그것이 옳은 일일지, 원래 책의 주인이었던 노인은 확신하지 못했다.

원래 그것은 노인의 책이었다. 그의 선조가 어떻게 그 책을 손에 넣었는지는 알 수 없다. 다만 노인이 아주 어릴 때부터 부친에게 이 책을 가보로서 간직하라고 들었다.

책의 이름은 태극비전. 이제는 기억하는 자도 거의 없는 강호의 황금기 시절 가장 빛났던 한 절세기인의 무공 수련 과정에 대해 누군가 기록한 책이다.

그 기인은 지극히 평범한 무공들을 지극히 평범한 방식으로 수련해 절대의 경지에 올랐다고 한다. 하지만 똑같은 길을 걸어도 누구나 같은 결과를 내지는 못했다. 수련 방법이 워낙에 평범하면서도 혹독하여 어지간한 자들은 그 문파에 들어가서도 오래 버티지를 못했다고 한다.

젊은 날, 노인도 그것을 익히려고 몇 번인가 시도도 해보았다. 하지만 결국 성취를 얻지 못했고, 태극비전은 그에게도 다만 간직할 뿐 손에 넣을 수 없는 보물로 남았다.

천하제일인이 그의 집안에 그 책이 있음을 어떻게 알았는지 경위는 알 수 없다. 하지만 내주지 않을 수는 없었다. 그러나 노인의 속은 쓰라렸다. 그가, 그리고 그의 선조가 항상 손에 쥐고 있던 비전. 그러나 결코 손에 넣을 수 없던 그 궁극의 실체를 이미 천하의 모든 것을 가진 자와 그 후손이 손에 넣게 된다는 것은 견딜 수 없는 일이었다.

그래서 그는 결심했다. 천하제일인이 하고자 하는 일과 똑같은 일을 하리라고. 그때부터 노인은 몇 년 동안 강호를 떠돌아다녔다. 적합한 인물을 찾기 위해 모든 도성과 산촌까지 헤

집었다.

그리하여 천하제일인의 손자가 걸음마를 떼고 이제 본격적인 무공을 익힐 준비가 되었을 무렵, 노인도 원하던 자를 만났다.

그 아이는 강호에서 가장 더러운 도성의 가장 더러운 뒷골목을 집으로 삼고 있었다. 부모는 당연히 없었고 제대로 된 이름조차 없었다. 그대로 자라면 장차 하오문의 떨거지가 될 것이 뻔해 보이는 그 아이를, 노인은 한동안 데리고 있으면서 몇 가지 시험을 해보았다.

아이에게는 다른 재능은 없었다. 오직 참을성만이 대단했다. 단 한 번도 노인이 시킨 일을 게을리 하지 않았고, 공부를 좋아하지 않으면서도 시키는 대로 글자를 익혔다.

아이를 그렇게 만든 것이 배고픔 때문이라는 것을 노인은 알았다. 노인이 주는 밥이 그 배고픔을 달래주는 한은 무슨 일이건 견뎌 내리라는 것도. 몇 번이나 갈등하고 다시 심사숙고한 끝에, 노인은 아이에게 한 권의 책을 건네주었다. 아이가 책을 받아 몇 장 들춰보더니 노인에게 물었다.

이게 무공이라는 건가요?

그렇다.

아이는 몇 번 눈을 깜빡이더니 다시 물었다.

이걸 익히면 다른 사람에게 맞고 살지 않을 수 있나요?

천하제일인이 될 수도 있는 도구를 손에 들고도 고작 그런 것을 묻는 아이에게 노인은 실소를 흘렸다.

그럴 거다. 최소한 네가 사는 세상에서는.

터무니없는 짓이라는 걸 노인도 알고 있었다. 노인 자신도, 그리고 그 앞선 수많은 인물들도 익히지 못한 것을 제대로 된 사부도 없이 이 아이가 익힐 수 있을 리가 없다. 하물며 온갖 지원과 영약과 엄중한 가르침의 수혜를 듬뿍 받을 천하제일인의 손자와 경쟁이 될 수는 없다.

그러나 그런 터무니없는 시도가 살 날이 얼마 안남은 노인에게는 마지막 오기와도 같은 것이었다.

하지만 잊지 마라. 이 책에 적힌 대로 한 치도 틀림없이 수행해야 한다. 한 번 게으름부리면 너는 한 대를 더 맞을 것이고, 하루를 낭비하면 그만큼 굶게 될 거다.

책을 끌어안은 채 크게 고개를 끄덕이는 아이를 두고 노인은 그곳을 떠났다. 스스로의 치기에 낯부끄러워하면서. 그는 절대로 이 사실을 다른 자에게는 말하지 않겠노라고 다짐했다.

천하제일인에게 책을 건네주기 전 한 자도 틀림없이 필사해 두었던 또 하나의 태극비전은 이렇게 소리 소문 없이 주인을 찾았다.

☽

세월이 흘렀다. 천하제일인은 여전히 천하제일인이었고, 천하제일가도 여전히 천하제일가였다. 변화라는 것은 높은 곳에서는 일어나지 않았다. 산정의 바람은 언제나 고고했다.

 변화는 밑바닥에서나 일어났다. 그곳은 언제나 약동하는 힘
이 넘쳤다. 변방의 한 성에 신진고수가 나타났다는 소문이 퍼
졌다. 어떤 문파에도 속하지 않고 어떤 명문의 혈통도 아닌 자
가 지극히 단순한 무공으로 연달아 고수들을 때려눕혔다는 것

이다. 그 자는 심지어 무림인처럼 굴지도 않았다. 왜 고수들과 비무를 했느냐고 물으면 그 이유란 실로 어처구니가 없었다.

그놈이 날 때릴 것처럼 쳐다봐서.

라고 할 때도 있었고.

잘 아는 형이 그놈한테 맞았다고 해서.

일 때도 있었으며.

길가다 어깨를 부딪쳤는데 그놈이 사과를 안 해서.

라고 하기도 했다. 어디에도 가문의 복수라든가 무명을 날리고 싶은 젊은이의 패기 같은 건 보이지 않았다.

실제로 그는 무림인이라기보다는 건달에 가까웠다. 이제 갓 소년을 벗어났을까 말까 한 나이인데도 인생의 때가 덕지덕지 묻은 얼굴로 하루 종일 어두컴컴한 술집에 죽치고 있기 일쑤였다.

생긴 것도 절세미남하고는 거리가 멀었다. 그저 눈코입이 제 위치에 붙어 있다는 사실이 감사할 따름인 얼굴이었다. 미녀와도 인연이 없었고 천하를 주유하며 명성을 떨치지도 않았다. 언제나 자기가 나고 자란 뒷골목의 술집에 죽치고 앉아 술을 마시거나 근처를 우연히 지나가는 무림인과 시비를 붙거나 했다.

그날도 마찬가지였다. 다만 이번에는 그가 시비를 건 게 아니라 상대가 시비를 걸어왔다. 사실 상대가 술집에 들어서는 순간부터 마음에 들지 않았기 때문에 그쪽에서 시비를 걸어온 것이 반가울 지경이었다.

들어선 자는 이 궁벽한 변방 도성에는 어울리지 않는 귀공자로, 여자들이 죽고 못 사는 절세미남이라는 수식이 딱 제격이었으며 몸에 걸친 하얀 비단옷에는 먼지 한 톨 묻지 않았다. 나이는 건달과 비슷한 또래로 보이는 귀공자가 대체 무슨 사연으로 이런 곳을 어슬렁거리나 궁금해서 힐끔거리고 있는데 그쪽에서 대뜸 다가와 물었다.

그대가 섬전도 서귀와 겨뤄 이긴 자 맞소?

속이 니글거릴 정도의 고상한 말투에 건달은 인상을 썼다.

맞는데, 무슨 상관?

그대가 썼다는 무공에 대해 들었소. 궁금한 것이 있어 확인해보고 싶소만.

뭘 어떻게?

괜찮다면 비무를 청하고 싶소.

귀공자는 진심인 것 같았다. 건달은 멀뚱히 그를 보다가 씨익 웃고는 자리에서 일어났다.

한 번 붙어보자는 소릴 어렵게도 하네. 좋아, 가자.

건달은 귀공자를 자신의 거처인 산막 앞으로 데려갔다. 그래서 이 대결은 오직 산새와 폭포만이 구경할 수 있었다.

산막 앞의 뜰에 마주 섰을 때 귀공자는 정중히 포권했고 건달은 그 예법을 비웃으며 상대가 고개를 들기도 전에 달려들었다. 그렇게 싸움이 시작되었지만 첫 합이 끝나기도 전에 둘은 모두 놀라고 말았다.

각자 뒤로 물러서고는 상대를 노려보았는데, 귀공자는 역시, 라고 중얼거렸고 건달은 이건 뭐야, 하고는 뒤에 욕설을 몇 마디 덧붙였다. 그리고는 이내 둘은 다시 격돌했다.

밤이 새도록 싸웠지만 둘 사이의 대결은 좀처럼 결판이 나지 않았다. 그도 그럴 것이 둘의 무공은 형제처럼 닮아있었다. 상대의 허점은 자신의 허점이었고 자신의 절초는 곧 상대의 절초였다. 결국 밤이 이슥했을 때 건달이 손을 내리고 말했다.

배고프니까 밥 먹고 싸우자.

귀공자는 잠시 숨을 몰아쉬며 건달을 노려보다가 천천히 고개를 끄덕였다. 그가 알고 싶은 것은 이미 확인했기 때문에 더 싸워야할 이유는 없었다. 건달은 자신의 밭에서 딴 채소를 삶고 뒤뜰에 묻어둔 술을 내왔다.

둘은 식사만이 아니라 밤새 함께 술을 마셨지만 이따금 서로를 죽일 듯이 노려볼 뿐 아무 말도 하지 않았다. 그러다가 누가 먼저랄 것도 없이 술에 취해 잠이 들었다.

다음날 아침, 건달은 자신의 집에 낯선 손님을 재웠다는 사실도 잊고 숙취와 함께 잠에서 깼다. 부서질 것 같은 머리를 감싸고서도 버릇대로 장작을 하기 위해 뒤뜰로 나갔다가, 거기서 웃통을 벗고 나무를 패고 있는 귀공자와 마주쳤다. 어색하게 서로 마주보던 두 사람은 거의 동시에 말을 뱉었다.

버릇이 돼서.

둘은 다시 또 어색하게 서로를 보다가 마침내 웃고 말았다. 그리고는 함께 장작을 패고 물을 긷고, 똑같이 버릇이 된 육합권의 수련을 했다. 점심으로는 덫에 걸린 토끼를 잡아 탕을 끓

였고 저녁에는 뒤뜰에 묻어둔 술독을 하나 더 꺼냈다.

　며칠을 그렇게 머물다가, 어느 아침 귀공자는 아무런 말도 남기지 않고 산막을 떠났다. 건달은 아무 일도 없었던 것처럼 장작을 패고 물을 길었다. 오래 전 노인에게 책을 받았던 이후로, 단 한 번도 거르지 않았던 일과였다.

◐

　다시 세월이 흘렀다.

　어쩌다 보니 건달은 그 일대를 주름잡는 흑도 방파 전체와 맞서게 되었다. 어쩌다 보니 그 방파의 서열 십 삼위부터 일위까지를 모두 쓰러뜨렸고 어쩌다 보니 성내의 모든 흑도인들이 그의 앞에 무릎을 꿇었다.

　이제는 더 이상 난데없는 신진고수가 아니었으며 누군가에게 매 맞을 것을 염려해야 하는 뒷골목의 아이는 더더욱 아니었다. 그런데도 그는 매일 아침 장작을 패고 물을 길었다. 젊은 방주가 아침마다 그 특별한 의식을 하는 모습을 힘상궂은 칼자국이 가득한 흑도인들이 경건하게 배행했다.

　귀찮아서 모두 내쫓으려고도 했지만 일일이 내쫓는 게 더 귀찮아서 그냥 내버려두었다. 신경 쓰지 않으니 거슬리지도 않았다. 다만 전보다 조금 인생이 밋밋해진 것 같다는 생각은 들었다.

　그러던 어느 날 손님이 찾아왔다. 알리러 온 부하의 표정만

보고도 누가 찾아왔는지 알아차렸다. 버선발로 나가보니 과연 그 귀공자였다. 불과 몇 년 사이에 귀공자는 더 이상 애송이 티가 나지 않는 장부가 되었다. 그건 건달도 마찬가지였다.

둘은 다시 술상을 마주하고 앉았다. 예전의 소박한 안주와 술이 아니라 건달의 부하들이 알아서 차린 으리으리한 술상이었다. 게다가 여자들까지 들여보냈다. 귀공자의 눈살이 찌푸려지기 전에 건달이 먼저 그들을 내쫓았다. 그제야 귀공자의 안색이 좀 풀렸다.

흑도의 패주가 되었다더니 여전하군. 다행이다.

너도 무슨 비무 대회에서 우승했다더니 생각보단 거만해지지 않았어.

둘은 밤새 술을 마셨고 드문드문 이야기를 나눴다. 몇 년 전과 마찬가지로 시시한 이야기들 뿐이었다. 서로의 무공이 왜 똑같은지에 대해서 둘은 한 번도 입에 올린 적이 없었다. 그저 무슨 술을 좋아하냐라든가, 생선은 굽는 게 좋은가 찌는 게 좋은가 같은 이야기를 사뭇 진지하게 나눌 뿐이었다.

새벽이 되어갈 때쯤 그 대화도 그치고 술 치는 소리와 마시는 소리만 울렸다.

내가 태어나자마자 조부님이 나에게 그 책을 주셨네.

그러던 어느 순간, 귀공자가 입을 열었다.

원래 그 책을 가지고 있던 어떤 노인으로부터 받으셨다지. 얼마 전 그 노인장이 돌아가셨어.

건달은 술잔만 묵묵히 들여다보았다.

눈을 감기 전에 유언을 남기셨는데, 그걸 전해들은 조부님께서는 망자가 생전에 그 책을 필사해 빼돌렸다는 사실을 아셨네.

그래서?

여전히 술잔을 들여다보면서 건달이 짤막하게 물었다.

조부님께 자네 이야기를 하진 않았어.

왜?

아신다면 자넬 없애려고 하실 테니까.

왜?

궁극에 달하는 자는 하나면 족하다고 생각하실 테니까.

별.

피식 웃는 건달을 물끄러미 보던 귀공자가 덧붙였다.

그리고 또 하나 이유가 있어.

뭔데?

조부님의 뜻과 무관하게, 언젠가는 자네와 겨뤄야 한다는 걸 알아. 아니, 그러기를 원해.

지금 할까?

건달은 동구 밖에 놀러나가자는 소리처럼 태연히 말했고, 귀공자는 처음으로 웃었다.

아니.

왜? 겁나?

도발하듯, 장난치듯 말하는 건달을 보고 귀공자는 한숨을 내쉬더니 문득 물었다.

자넨 완성했나?

밑도 끝도 없는 질문이었지만 건달만은 알아들었다. 장난스럽던 표정이 가시고 굳게 입을 다물더니 잠시 후 천천히 고개를 저었다.

나도 마찬가지일세.

귀공자가 말했다.

그러니까 그때까진 기다려야 하네. 우리는 완전해져서 겨뤄야 해. 그렇지 않으면 의미가 없어. 너무 쉽게 승부가 날 테니까.

무슨 뜻이냐.

건달이 눈살을 찌푸리며 물었다. 귀공자는 고요한 표정으로 대답했다.

그야 내가 이기는 것이 확실하니까.

어째서 그렇게 생각하는데?

똑같은 비전을 이었지만 자네는 홀로 가는 자야. 그 성취가 높을 수는 없어. 아아, 오해는 하지 말게. 홀로 걸었으면서도 자네의 성취는 대단한 것이라고 생각해. 하지만 나는 태어날 때부터 그것을 위해 살았어. 숨을 쉬고 걷는 것도 오직 태극문의 방식으로 해왔지. 공청석유는 이미 아이 때부터 장복했고. 그건 평범한 듯 보여도 절대 평범하지 않은 무공이야. 자네와 나의 성취가 같을 수는 없어.

건달은 피식 웃으며 자세를 바꾸고는 을러대듯이 말했다.

그래? 내 생각은 다른데. 넌 피바다를 걸어본 적이 없지. 살고 싶다고 간절히 느껴본 적도 없을 테고. 싸움이라고 해도 정 정당당한 비무 외에는 익숙하지 않을 걸? 나는 이기는 법이 아니라 지지 않는 법부터 배웠어. 매일매일 장작을 패는 것도 너한테는 단지 수련이었겠지만 내게는 얼어 죽지 않기 위한 생존이었다. 숨 쉬는 걸 멈출 수 있을 것 같아? 너보다 백배는 치열하게, 천배는 절실하게 살았어. 그걸 네가 넘어설 수 있을까?

담담한 표정으로 듣던 귀공자가 반문했다.

그래서 지금 겨뤄보고 싶은가?

그 말에 건달이 천천히 몸을 일으켜 뒤로 뺐다. 그리고는 한숨을 내쉬었다.

아니. 지금은 때가 아니라는 건 나도 동감이다.

둘 사이에 침묵이 흘렀다. 태극의 비전을 이은 사람만이 공감할 수 있는 침묵이었다. 가장 평범한 방식으로 평범한 무공을 수련하는 것처럼 보이는 그 비전의 끝은 결코 평범하지 않다. 둘 모두 닳고 닳도록 본 태극비전의 마지막 장에는, 궁극에 도달한 태극문의 전인은 온 하늘에 가득한 별을 만들 수 있다고 했다.

둘은 강호가 놀랄 만한 젊은 고수들이었지만 아직 그 경지에는 이르지 못했다. 둘의 대결은 필연이었으나, 그 대결은 반드시 완전한 형태로 이뤄져야만 했다. 그렇지 않다면 서로에 대한 모독이자 태극비전에 대한 배신이었다.

좋아.

한참이 지난 후 건달이 짧게 말했다.

다음에 만날 때는 완성하는 거다. 그리고 겨루자.

둘은 술잔을 들어 건배했고, 다음날 아침 건달의 부하들이 지켜보는 가운데 나란히 장작을 패고 물을 길은 뒤 담담히 헤어졌다.

☯

또 다시 세월이 지났다. 천하제일인은 아직도 천하제일인으로 숭앙받았지만 그것은 어디까지나 명목상이었다. 그는 이미 늙었고 실질적인 천하제일인은 그의 아들이 아닌 손자라고 모든 사람들이 조용히 속삭이게 되었다.

그것이 기분 나쁘지는 않았다. 오히려 바라마지 않던 바였다. 그러나 귀공자의 조부가 기대하는 것은 단지 천하제일인이 아니었다. 하루하루 죽음이 다가오는 소리를 들으며 조부는 전에 없이 조바심을 부렸다.

이루었느냐.

아직 이루지 못했습니다.

몇 번이고 그 대답만 듣다가 어느 날 결국 천하제일인의 아들이자 귀공자의 부친이 보다 못해 나섰다.

내일, 그 일을 결행할 것이다.

일방적인 통보를 들은 귀공자는 아버지의 얼굴을 물끄러미 쳐다보았다.

아버님 생전의 소망이시다. 이미 모든 준비는 끝났다. 또한

너 역시 그것을 구 성까지는 익혔다는 것을 알고 있다.

귀공자는 잠자코 고개를 숙였다. 부친의 말이 옳았다. 그러나 그는 구 성으로는 만족할 수가 없었다. 좀 더, 좀 더 완전해지지 않으면 안 된다. 또 한 명의 전수자는 지금쯤 어느 만큼 성취했을까. 그것을 생각하면 더욱 더 그랬다.

그러나 이것은 그의 소망일 뿐이었다. 애초에 그에게 이 비전이 주어진 것은 가문의 비원이기 때문이었다. 그것을 더 이상은 거부할 수 없다는 걸 귀공자는 이해했다.

그리하겠습니다.

다음날, 천하제일가의 지하석실에 삼대가 모였다. 거대한 석실 바닥에는 피처럼 붉은 진이 그려져 있었다.

드디어 오랜 숙원이 풀리는구나.

늙은 천하제일인이 감격으로 떨리는 음성으로 입을 열었다.

우리 가문은 천하제일이 된 지 오래다. 다른 자들은 이 좁은 세상 안에서 한 치 위로 올라가기 위해 다투지만 우리는 다르다. 우리는 천하를 넘어서야 한다. 너는 인간을 넘어서야 한다. 그것이 우리 가문의 오랜 숙원이다.

궁극의 경지에 오르기 위한 몇 대째의 비원을 성취할 소중한 후손을 바라보며 천하제일인은 말했다.

강호 무림은 인간의 세계다. 우리는 이미 인간 중의 최고에 올랐다. 그러니 이제 인간을 넘어선 자들 위에도 군림하거라. 네가 익힌 그것, 태극문 최고의 비전 육합성만조천하를 저 진 위에서 펼쳐라. 새 세상의 문이 네 앞에 열릴 것이다.

조용히 듣고 있던 귀공자가 입을 열어 물었다.

그 문 안으로 들어가면 어떻게 됩니까?

그 뒤는 누구도 알 수 없다. 이 할아비도 알지 못한다. 오직 너만이 볼 수 있고 너만이 알 수 있을 것이다. 그것은 너만의 권리이며, 네가 이룬 것이 우리 가문의 성취다.

귀공자는 다소 불안했다. 아직 완성되지 않은 그것을 펼치는 것이 아쉽기도 했지만 그 뒤에 무엇이 있을지도 모른다. 만약 돌아오지 못하게 된다면 건달과의 약속도 지킬 수 없을 것이다. 그러나 또한 하지 않을 수 없다는 것을 알고 있었다. 그리하여 그는 진의 한 가운데로 들어섰다. 이것은 조부의 숙원이며 가문의 숙원이었고, 그의 혈통에 흐르는 피톨만큼 그의 숙원이기도 했다.

귀공자의 손에는 평범한 나무막대 하나가 쥐어져 있었다. 그가 그것을 들어 올리자 별과 같은 섬광이 거기서 피어오르기 시작했다. 섬광은 밤하늘을 밝히는 별처럼 찬연하게 빛났고, 감격한 조부와 진중한 부친의 얼굴이 그 빛 너머로 사라졌다.

섬광은 어두운 공간을 꿰뚫고, 수십 년의 비원을 담은 진법의 가운데를 베었다. 공간이 이지러지고 별들이 폭발했다.

한순간 그는 의식을 잃은 듯 했다. 그러나 오래는 아니었다. 퍼뜩, 정신을 차렸을 때 그는 조부의 말대로 새로운 세상을 보고 있었다.

피처럼 붉은 하늘, 마찬가지로 붉은 땅 위에 짓이겨진 고깃덩이처럼 추악하게 생긴 마물들이 그를 둘러싸고 으르렁거리고 있었다. 수백, 수천, 아니 그 끝이 없었다.

그는 자신이 이계의 문을 열었음을 알았고, 그 문이 일방통행일 뿐, 돌아가는 길은 보이지 않는다는 것도 깨달았다.

좀 더 완성했어야 하는데. 구 성의 힘으로 베었기 때문인가.

그는 혀를 차며 덮쳐드는 마물들을 향해 검을, 아니 나무막대를 휘둘렀다.

약속, 지킬 수 있을지 모르겠군.

그렇게 그의 영원한 싸움이 시작되었다. 베도 베도 끝나지 않는 마물들의 물결 속에서, 그는 확실히 조부의 말이 옳다는 것을 깨달았다.

자신이 인간을 넘어서게 될 것이라는 것. 마물을 베던 끝에 마물이 되어버리고 말 것이라는 것을.

☯

다시 세월이 흘렀다.

천하제일인은 전대기인이 되었고 그 아들이 뒤를 이었다. 소문에 따르면 그보다 더욱 고수라던 손자는 수년전 행방불명이 된 채로 아직 돌아오지 않았다고 했다. 더욱 은밀한 소문에 의하면 천하제일인은 궁극의 힘을 얻기 위해 마계로 통하는 문을 열었고 손자는 그곳에 빠져 돌아오지 못한다고도 했다.

건달도 그 소문을 들었다. 그러나 믿고 싶지 않았다. 언젠가는 돌아올 거라고 생각하는 쪽이 나았다.

하지만 이따금 그는 자신의 손을 보며 생각했다. 결국 그는 죽어버린 게 아닐까. 그렇다면 자신의 방법이 더 옳았던 게 아닐까. 절대의 경지란 먼 곳에 있지 않다. 그것이 태극의 가르침이 아니었을까. 그는 더 살아있는 무공을 원했다. 인간을 뛰어넘는 것이 아니라 진짜 인간이 되고 싶었다.

또 다시 세월이 흘렀다.

더 이상 천하제일가는 천하제일가가 아니었으며 천하제일인은 그 건달이 되었다. 귀공자의 아버지는 그의 손에 쓰러지며 믿을 수 없다는 표정을 지었다. 그것은 죽었다고 여겨지는 아들의 무공이었기 때문이다.

천하제일인의 의자에 앉아 건달은 조용히 중얼거렸다.

끽해야 엉덩이 하나 들어앉을 물건인데, 다들 여기 앉아보려고 그렇게 기를 썼군.

그런 사람은 여전히 많았다. 천하제일인이 된 건달은 무수한 도전 앞에 섰다. 귀공자는 아니었지만 나름대로 맞서볼만한 숙적도 생겼다. 그의 인생은 고난과 사건의 연속이었다. 심심할 틈은 없었다. 오히려 조금 고달프기도 했다. 그러나 돌이켜보면 대체로 만족스러웠다고 할 수 있다. 그는 남에게 얻어맞는 일을 두려워하지 않아도 됐다. 잔소리가 심한 마누라도 얻었고 걸핏하면 아버지에게 반항하는 자식도 생겼다.

턱없는 추종자의 무리도 거느렸고 어처구니없는 배신도 당해봤다. 인생은 온갖 종류의 쓸개를 모아놓은 악식의 향연이었고 그럭저럭 나쁘지 않았다.

그렇게 세월이 흐르고 흘러 어느 밤. 초로에 접어든 건달이 홀로 뜰로 나가 하늘의 별을 보며 문득 중얼거렸다.

　어이, 완성했나?

　돌아오는 대답은 없었다. 하지만 그는 자신이라도 대답하기로 결심했다. 뜰 한 구석의 마른 가지를 꺾어 천천히 힘을 끌어모아 절초를 허공에 대고 날렸다.

　그때, 또 다른 세상에서는 더 이상 귀공자라고 부를 수 없는 한 마물이 문득 손짓을 멈추고 하늘을 보았다.

　마계의 붉은 하늘에 무언가 어슴푸레 비쳐보였다. 그것은 새벽의 여명을 닮았다. 이곳은 새벽이라는 것이 없는데도.

　끝나지 않는 싸움 속에, 애초 자신이 왔던 고향도 왔던 목적도 흐릿하게 잊고 있던 그가 어쩐 일인지 그 순간만은 저 빛이 자신에게 보내는 누군가의 전언이라는 것을 또렷하게 떠올렸다. 그리고 본능처럼 그도 중얼거렸다.

　완성했나?

　그러면서 그도 손을 움직였다. 그의 손에 들린 것은 평범한 나무 막대가 아니었다. 나무 막대는 마물들과의 싸움을 버틸 수 없었다. 그가 쥐고 있는 것은 몇 십 번째인가 전에 죽인 마물의 뼈였다.

　그리고 검붉은 마계의 하늘에도 별이 뿌려졌다. 헤아릴 수도 없는 오래 전 그가 도달했던 경지를 뛰어넘은 궁극의 별빛이.

　둘은 서로 다른 세상의 별을 보았다. 똑같은 태극비전을 이었으나 그들이 만들어낸 별빛은 서로 달랐다. 둘은 동시에 웃었고, 같은 말을 중얼거렸다.

하늘이 정말 푸르군.

용대운 작품 연보

용대운 작품 연보[*]

낙성무제(6권), 1986 (와룡생 저 · 박광일 역으로 출간)

마검패검(4권), 도서출판 대망, 1988 (야설록 이름으로 출간)

철혈도(3권), 도서출판 대망, 1988 (야설록 이름으로 출간)

유성검(7권), 도서출판 대망, 1989 (야설록 이름으로 출간)

탈명검(5권), 도서출판 대망, 1989 (야설록 공저로 출간)

무영검(3권), 도서출판 대망, 1989 (야설록 공저로 출간)

권왕(7권), 도서출판 대망, 1990 (야설록 공저로 출간)

도왕(7권), 도서출판 대망, 1990 (야설록 공저로 출간)

검왕(7권), 도서출판 대망, 1990 (야설록 공저로 출간)

태극문(6권), 도서출판 뫼, 1994.8

강호무뢰한(3권), 도서출판 뫼, 1994.12

독보건곤(6권), 도서출판 뫼, 1995.6

유성검(4권) 개정판, 도서출판 뫼, 1996.4

철혈도(4권) 개정판, 도서출판 뫼, 1996.11

탈명검(4권) 개정판, 도서출판 뫼, 1996.12

권왕(4권) 개정판, 도서출판 뫼, 1997.4

검왕(4권) 개정판, 도서출판 뫼, 1997.9

도왕(4권) 개정판, 도서출판 뫼, 1997.12

낙성무제(4권) 개정판, 도서출판 뫼, 1998.2

---

[*] 연보에는 용대운이 직접 쓴 작품들만 포함되었으며 신진작가들과 공저로 출간
되었던 작품들은 제외되었다.

무영검(3권) 개정판, 도서출판 뫼, 1998.12

섬수혼령탈혼검(4권), 도서출판 청솔, 1999.2 (용대운 편저)

황룡전기(4권), 도서출판 청솔, 1999.3 (용대운 편저)

냉혈무정(4권), 도서출판 청솔, 1999.8

풍운방(4권), 도서출판 청솔, 1999.12 (용대운 편저)

고검생전(2권), 도서출판 청솔, 2001.6

강호무뢰한 (3권) 개정판, 대명종, 2003.3

열혈기(2권), 청솔B&C, 2004.7

군림천하 1부(1~7), 대명종, 2005.1

군림천하 2부(8~16), 대명종, 2005.11

독보건곤(7권) 개정판, 두레미디어, 2006.4

군림천하 3부(17~23), 대명종 , 2007.8

군림천하 1부~4부 (1~28 미완), 디앤씨미디어, 2012.1*

---

* 《군림천하》 28권은 2014년 11월에 출간되었다.